おなじ世界のどこかで

藤野恵美

目次

第一話　結衣

1

　なんか、おもしろいこと、ないかな？

　松島結衣《まつしまゆい》は片手に持ったスマートフォンをのぞきこみ、SNS《エスエヌエス》アプリを起動した。

　SNSとはソーシャル・ネットワーキング・サービスの略なのだが、結衣はその言葉の意味を知らない。どういう仕組みになっているのかを考えたこともない。

　使い方さえわかっていれば、インターネット上で友達とコミュニケーションを取るという目的を果たすことはできるから、その成り立ちなどはわからなくても問題はないのだ。

　タイムラインに流れるいろんなひとたちのつぶやきを読んでいく。

　なにを食べたとか、どんな漫画を買ったとか、明日《あした》のテストがいやだとか……。

たいていは、ちょっとした一言だ。けれど、たまにすごくおもしろい発言を見つけて、吹きだしそうになることもある。

リアルタイムで発信される言葉たち。友達だけじゃなく、友達の友達や全然知らないひとの発言でも、それを気に入っただれかがほかのひとにも伝えて、共有することで、どんどん広まっていく。このSNSをのぞいていれば、いま、世のなかで、なにが流行《はや》っているかを知ることができるのだ。

でも、結衣にとっては、世のなかのことより、友達とのつながりが重要だ。そもそも、SNSをはじめたのも、友達がやっていたからだった。

人差し指でスマートフォンの画面をタッチして、結衣も文字を入力していく。

〈塾、終わったー。ちょっとだるい。風邪かもー〉

書きこむと、すぐに反応があった。

〈お疲れ～☆〉

〈だいじょうぶ？　お大事に！〉

〈あったかくして、早く寝なよ〉

返信をつけてくれるのは、だいたい、おなじ学校の友達だ。

でも、たまに、会ったことのないひとからもコメントがあって、驚いたりする。それをきっかけにして、インターネット上でのつながりが増えるのはうれしい。

だれかが自分のことを気にかけてくれる。

それだけで、こんなにもうれしい気持ちになる。

だから、スマートフォンを手放せない。

これさえあれば、いつだって、つながることができる。


中学二年生になって、結衣はスマートフォンを手に入れた。

結衣が通っているのは私立の中学校で、校訓のひとつに「自律」を掲げている。

自分で考え、自分で判断して、自分で実行する。その方針にしたがって、携帯電話やスマートフォンを持つことを禁止していない。

結衣の両親も、禁止するよりも実際に使ってみて学んでいくほうがいいだろうと言って、インターネット上でのマナーや危険性について話したあと、スマートフォンを買ってくれたのだった。

結衣のまわりでは、いま、動画共有サイトが流行っている。

おもしろい動画を見つけると、友達にも情報をまわして、みんなで盛りあがるのだ。

結衣も、だれかがつぶやいている発言から、話題になっている動画を知ることが多い。

かわいい動物が出てくる動画が、結衣は好きだった。

猫がいたずらをしていたり、まるくなってすやすやと眠っていたりする動画を見ていると、肩の力が抜けて、笑顔になれる。子犬が元気いっぱい遊んでいる動画も、ながめているだけでほほえましい気持ちになった。ホッキョクグマが氷の海を悠々と泳いでいるすがたは見惚れてしまうほどかっこよくて、オオカミが広い草原をどこまでも駆けていくすがたには胸が切なくなった。雄大な自然の風景や野生動物たちは、見ているだけで心が癒《い》やされるようだ。

その日も、結衣は塾の帰りに、送迎バスのなかで、ちょっとした息抜きとして、スマートフォンをのぞいていた。

そこで、だれかの〈**この動画がやばい！　シリア編**〉という発言を見つけたのだった。

2

やばいって、どういうことだろう？

結衣は軽い気持ちで、そこに書かれていたアドレスにアクセスしてみる。

あやしいサイトなら見に行かない。そんなこと、あたりまえだ。

まず、リンク先のアドレスをちゃんと見て、確認する。見知らぬアドレスなら、クリックはしない。もし、変なサイトにアクセスしてしまったら、ウイルスに感染したり、身に覚えのない料金を請求されたりするかもしれないということは知っていた。
でも、アドレスは何度も使ったことのある動画共有サイトのものだった。いつもの
ように、おもしろ動画のひとつだろう。
そんなふうに思って、リンクをクリックした。
動画共有サイトの画面が開き、映像が動きだす。
そこに映しだされたものを見て、結衣は言葉を失った。
異国の言葉。銃撃の音。男のひとが、体をはずませて、地面に倒れる……。
え？　なにこれ……。
結衣はショックで固まった。
やだ、嘘でしょ……？
窓が割れ、焼け焦げた建物。ぐちゃぐちゃに壊れた車。爆撃を受けた街は、まるで
廃墟《はいきょ》だ。
また、発砲の音が鳴り響く。
バババババッババババッ……！
ふつうのすがたをしたひとびとが、つぎつぎに、倒れていく。
見たくないのに、目が離せない。
あっけないほど簡単に、倒れていくひとたち……。

怒っているような叫び声が聞こえるけれど、意味はわからない。

カメラが動いて、べつの場所を映しだす。

地面に並んだ何人ものひとびと。

血を流して、苦しげにうめき声をあげているひともいる。目を開けたままで、ぴくりとも動かないひともいる。赤黒い血が、顔にこびりついている。倒れているひとのなかには、ちいさな子どものすがたもあった……。

なんなの、いったい……。どうして、こんな……。

動画は、ぷつりと途切れた。

さっきの、なに……。

男のひとが銃で撃たれて、体を震わせていたシーンが、頭から離れない。

映画とかドラマとかじゃない、本物の映像。

ぐったりと倒れた男のひと……。

あれ、死んでしまったってこと……？

こわいこわいこわい……。

見なきゃよかった。

ひとつの動画を見ると、まわりには似たような内容の関連動画やニュースが表示される。

【閲覧注意！　これがシリア内戦の現状だ】

【化学兵器使用で、多数の子どもたちが犠牲に】

【シリア南部、地雷でバスが爆発、子どもと女性を含む二十一人が死亡】

【内戦つづくシリアで日本人ジャーナリスト死亡】

【シリアの内戦で一万一千人を超える子どもたちが死亡】


結衣は、シリアというのが、どこにあるのかすら、知らなかった。

けれども、理解した。

ここにある映像は、いま、この地球上で行われていることなのだ。


バスが家の近くで停まったので、結衣は降りる。

頭がくらくらした。

熱っぽいのは、風邪のせいと、さっき見た動画の影響だろう。

ひとが死ぬ、ということ。

結衣がいるこの世界の「遠い国のどこか」では、いまも、戦いによって、たくさんの命が失われている。

そのことを、知らなかったわけではない。

テレビのニュースを見たり、新聞を読んだりして、知識として、なんとなくは知っていた。

けれども、あの動画は「リアル」だった。

結衣はスマートフォンを片手に持ち、それをすぐ近くで、目撃したのだ。

本物の銃で撃たれて、本当にひとが死んでいく……。

そんなものを見てしまったことに対して、結衣は泣きたい気持ちになった。

だれだよ！　あんな動画を広めたのは！

八つ当たりのような思いが、胸にわきあがってくる。

見たくなかった。知りたくなかった。こんな気持ちになるくらいなら……。

スマートフォンは便利だ。通話もできる小型のパソコン。手のひらにおさまるくらいのちいさな機械で、世界とつながることができる。

そして、思いがけないような情報が飛びこんでくることもある……。

3

翌日、結衣は学校に行くと、森村愛香《もりむらあいか》に話しかけた。

愛香は、クラスでいちばん仲がいい友達だ。

昨日も、結衣のつぶやきに対して、真っ先に〈お疲れ～☆〉とメッセージをくれたのが、愛香だった。

「ね、愛香ちゃん。昨日、だれかがつぶやいていた〈この動画がやばい!〉っていうやつ、見た?」

　愛香は首をかしげる。

「知らない。どんなの?」

「なんか、戦争のやつ。男のひとが撃たれて、すごいショックだった。血とか出てるひともいたし……」

「なにそれ、グロ動画じゃん。最悪。見なくてよかった」

　愛香はそう言って、顔をしかめる。

「結衣ちゃんも、早く忘れちゃったほうがいいよ。あ、そうだ。このあいだ、めちゃかわいいパンダの動画、見つけたんだ。パンダの赤ちゃん、ふかふかで、もふもふで、たまんないよ!　ほらほら」

　自分のスマートフォンを取りだすと、愛香はお気に入りの動画を見せてくれた。

　愛香には、忘れたほうがいいと言われた。

　けれども、結衣は、あの動画のことが忘れられなかった。

　ずっと、心にひっかかって、もやもやする。

　教室で授業を受けているとき、弁当を食べているとき、友達と楽しく話しているときなど、ふだんは目の前のことしか気にしない。

けれども、ふとした瞬間に、思い出すのだ。

いまも、この地球のどこかで争いが行われていて、だれかの命が奪われているのだということを……。

そして、苦いような気持ちが広がる。

自分とは、関係のないこと。

そう思って、考えないようにしてみる。

けれども、一度この目で見てしまったものを、すっかり記憶から消してしまうことはできない。

悩んでいたが、考えていることの半分も、結衣は口に出すことはできなかった。

暗い子だと思われる。

それだけは、避けたかった。

陰気なキャラクターだと思われると、クラスのなかでも、そういうポジションに置かれて、楽しい中学生ライフを送れなくなってしまう。

おもしろ動画を見て、あははと笑って、毎日を過ごしたいのだ。

でも、この心のもやもやは、どうしたらいいのだろう……。

家に帰ってからも、こまめにスマートフォンをチェックする。

できるだけ、友達同士の会話には入りたい。自分が知らないところで、みんなが盛りあがっているのは悲しい。だから、気の休まるときがない。

結衣がのぞいてみると、SNSではおなじクラスの観月楓《みづきかえで》が発言していた。

〈さっき、『アンネの日記』を読み終わりました〉

楓はどちらかというと地味でおとなしいタイプで、教室内ではあまり積極的に発言するほうではない。

結衣が使っているSNSアプリには、共通の知り合いがいると「お友達じゃないですか？」と、自動的に紹介されるシステムがあった。

そのシステムで紹介されたから、楓ともネット上では「友達」としてつながっている。けれど、実際に話したことはほとんどなかった。

『アンネの日記』のことは、結衣も少しだけ知っていた。国語の参考書に一部分だけ載っていたのを読んだ。

第二次世界大戦のときの話で、アンネたち家族は、ナチスのユダヤ人狩りから逃れるため、隠れ家で暮らしていたのだ。

〈アンネは十三歳から日記を書きはじめていて、おなじくらいの年なのに、いろんなことをしっかり考えていて、すごいと思いました。ぜひ、たくさんのひとたちに

読んでほしい本です〉

楓のつぶやきに、だれも返信をつけたりしない。

戦争をテーマにした本なんて、盛りあがる話題じゃない。なのに、ひとりでつぶやいている楓のすがたは、少しイタい。

まわりの子たちがそう思っているであろうことを、結衣は敏感に感じ取っていた。

結衣は小学生のとき、いじめを受けた経験があった。

いじめた子たちにしてみれば、それは「いじめ」なんて感覚じゃなく、ちょっとした遊びのようなものだったのかもしれない。無視をして、結衣が困るのを見て、みんなでくすくす笑っていた。

きっかけは、結衣がひとりだけ、きちんとそうじをしていたことだった。

その日、先生は用事があって、教室から出ていったから、ほかの子たちは、そうじをサボりはじめたのだ。

結衣の祖母は、いつも言っていた。

「だれも見ていなくても、お天道様《てんとさま》が見ているからね」

「正しいことも、悪いことも、お天道様はちゃんとお見通しなんだよ」

だから、結衣は先生がいなくても、サボらなかった。

だが、そんな結衣の態度をおもしろくないと思った子たちに「いい子ちゃんぶっている」と言われ、からかわれたり、無視されたりするようになったのだった。

それ以来、結衣はまじめだと思われないように、気をつけている。

楓の発言を見ながら、結衣は、ふと、思いついたことがあった。

これまでの楓の発言を読み返して、たしかめてみる。

やっぱり！

結衣が思ったとおり、シリアの動画を「おすすめ」として、広めていたのは、楓だった。

どうして、こんなの、広めたりするんだろう。

どうせなら、見たひとが幸せな気分になって、友達がよろこびそうな動画をおすすめすればいいのに……。

4

数日後、結衣は教室で、愛香から新しいSNSアプリを教えてもらった。

「これでね、グループを作っちゃえば、ほかのひとは見ることができないし、こっちも変な書きこみとかを見たりしなくてすむわけ。便利でしょ？」

愛香が教えてくれたSNSに、さっそく登録する。

「あとは、マキちんと、ごっちゃんだけ、誘うことにするから。うちの親が言うには、だれでも自由に読めるところだと、自分の書いたことが勝手に広められちゃったりするから、こういうクローズドなグループでやったほうが安心なんだって」

「うん、ありがと、愛香ちゃん」

「このあいださ、結衣ちゃん、言ってたじゃない？　変な動画をすすめるつぶやきが流れてきたせいで、グロいやつ見ちゃった、って。そういうのもあるから、あんまり、知らないひとは仲間に入れないほうがいいよね」

愛香が教えてくれたグループに、楓の存在はなかった。

現実の世界で、結衣は楓と仲がいいわけではない。

たまにSNSでつぶやいているのを読んで、なんとなく、楓についての情報（読書家で、甘いもの好きで、コーギー犬を飼っていることなど）を知っていたが、友達かというと、微妙な関係だ。

おなじ教室にいても、仲良しメンバーは固定されていて、ちがうグループの子とは、あまり会話をする機会はない。

だからこそ、SNSでゆるやかにつながって、何気ない発言を読むことができる機会は貴重だった。

楓がおすすめをしていたせいで、ショッキングな動画を見ることになった。楓がつぶやいていることは、まじめな話題ばかりで、そんなにおもしろくない。

それでも、これからまったく、楓の発言を知ることができなくなるかと思うと、少し淋《さみ》しい気持ちになった。

しかし、愛香が「誘わない」と言っているのだから、結衣にはどうしようもない。

ほかの子と仲良くするというのは、いま、自分がいるグループの友達にとっては、裏切り行為のようなものだから、いい気分はしないだろう。


その日から、愛香が新しく教えてくれたSNSで、結衣は会話を楽しむようになった。

教室で話しているのとほとんどおなじ感覚で、スマートフォンを使って、いつでもどこでも、友達と他愛《たわい》のない話をすることができる。

仲のいい子しか読まないから、ほかのひとの目を気にしなくてもいい。

そのせいか、だんだんと、だれかの悪口が増えるようになってきた。

最初は、みんなに嫌われている先生に対する悪口だった。

いつも威張っていて、えらそうな口調で、成績のいい生徒をひいきするのだ。結衣も、その先生にはねちねちと嫌味を言われたことがあったから、そのときのむかついた気持ちをはきだすことができて、心がすっきりした。

　それから、親に対する愚痴とか、嫌いな芸能人の話題など……。

　だれかが悪口を言いだすと、おもしろいほど、盛りあがった。

　みんなで〈あいつ、むかつく!〉〈だよね!〉〈うん、わかる!〉〈めっちゃ腹立つよね!〉なんて言い合っていると、気分が高揚していく。

　だれかを悪者にすることで、連帯感が生まれる。自分たちが、より強く、つながっている感覚になる。

　けれども、たまに、胸の奥がちりちりと痛くなった。

　たとえば、だれかがだれかのことを「あいつ、クサいよね」と発言すると、結衣は自分も変なにおいがしていないか、不安になった。

　悪口を言うのは、楽しい面もある。

　けれども……。


〈M月Kちゃんって、ある意味、おもしろくない?〉

　そう言いだしたのは、愛香だった。

5

それが楓のことを指しているのは、おなじクラスの子ならだれでもわかったはずだ。

せっかく発言をしたのに、だれも答えないと、淋しい。

結衣もその気持ちはわかるから、だれかがなにかを言えば、すぐに返信をするように心がけている。

けれども、愛香の発言に対して、結衣はなにも答えることができなかった。

おもしろい、という言葉をいい意味で使っているわけではないことは、明白だった。

これまでも、さんざん、ほかのひとたちをからかってきたのだ。このあと、どんなふうに悪口を言えば、盛りあがるのかも、わかっている。愛香も、そのつもりで、楓の話題を出したのだろう。

さっきまで愛香とずっと会話をしていたのだから、見なかったふりはできない。

でも、楓のことを悪くは言いたくなかった。

〈ごめん。ママが呼んでる。お風呂《ふろ》に入らないと〉

急いでそう書きこむと、結衣はSNSアプリをオフにした。

本当は、母親に声をかけられたわけじゃなかった。でも、嘘をついたことになるのもいやだから、結衣は風呂にむかった。

浴室のなかまでは、さすがにスマートフォンを持って入ることはできない。

湯船につかって、両手を伸ばしながら、結衣は大きく息をはく。

両手がどちらも自由になるのは、久しぶりのような気がした。

時間さえあれば、片手に持ったスマートフォンをいじっている。

なにもないと退屈だから。

それに、自分がいないあいだに、ほかの子たちがどんなやりとりをしているのか、気になってたまらない。

会話を一方的に切りあげてしまって、愛香は怒っていないだろうか……。

スマートフォンが手元にないと、落ちつかない。

さっきの会話のつづきが気になって、結衣はすぐに風呂からあがった。

急いでパジャマを着ると、髪を乾かすのも忘れて、脱衣所に置いてあったスマートフォンをのぞきこむ。

楓についての話題を、ほかの子たちはつづけていた。

空気を読まない楓を笑いものにするようなニュアンスだ。

もし、自分がこんなふうに言われたら、とても悲しいだろう。

そう考えて、結衣は心が痛んだ。

自分が孤立していて、つらかったときの気持ちがよみがえってくる。

こういうの、やだな……。

「結衣、早く髪を乾かさないと、風邪ひくわよ」

母親に声をかけられ、結衣はあわててドライヤーに手を伸ばす。

髪を乾かしてから、リビングを横切ろうとすると、父親がソファーに座って、テレビを見ていた。

画面には、ニュース映像が流れている。

廃墟《はいきょ》、煙、戦車……。

キャスターが「つづいて、シリア情勢です」と、原稿を読みあげる声が聞こえて、結衣はその場で凍りついたように立ち止まった。

「内戦が長期化するシリアでは、百二十万人を超える子どもたちが、安全を求めて、周辺国に避難していますが、難民として逃れたあとも、その多くが適切な教育や医療が受けられないなど、厳しい生活を強いられており……」

テレビには「学校を破壊され、家族を失って」というテロップが出て、結衣とおなじくらいの年のシリア人の少女が映しだされていた。

ほんの数年前まではふつうに学校に通っていたという少女は、戦闘に巻きこまれて両親を失い、いまは子どもたちだけで暖房もないテントで身を寄せ合うように暮らしていると語っていた。

どうして、そんなことになっているのだろう……？

ニュースでは現状を伝えるだけで、くわしいことはわからなかった。

6

眠る前にも、結衣はスマートフォンを片手にベッドの上に転がって、ＳＮＳをのぞきこむ。愛香たちの話題は、もうすでに楓に対する悪口ではなくなっていたから、少しほっとした。いま、愛香たちは、テレビのバラエティー番組の話で盛りあがっている。結衣はさっきまでニュースを見ていたから、その番組をチェックできず、会話に入り損ねてしまった。

しばらく流れていく文章を読んでいると、愛香たちもさすがにもう寝るようで〈おやすみ～〉〈また明日《あした》ね！〉という会話が交わされた。

スマートフォンをオフにする前に、結衣はもうひとつのＳＮＳアプリを起動させてみた。

そちらでは、相変わらず、だれからも反応がないのに、楓がつぶやいていた。

〈ちがいを許せず、自分とおなじではない相手を受け入れることができないひとがいるから、差別をしたり、いじめが起きたりするのです。それを見て見ぬふりをすることが、戦争にもつながっていくのではないでしょうか〉

結衣は、ふだんの友達同士の会話で、シリアスな内容を避けるようにしている。

毎日を楽しく過ごす。そのための友達づきあいだ。

なのに、楓のつぶやきに対して、共感せずにはいられない。

〈眠れないとき、どうすればもっと世界がよくなるのだろうと考えています。簡単に答えは出ないけれども、考えることは無駄じゃないと思うのです〉

結衣は、薄々、気がついていた。

楓と自分は、似ているんだ。

遠い世界のことまで、まじめに考えてしまう。

直接は関わり合いのないひとのことなのに、気にかかる。

自分の手には負えない問題なのかもしれなくても、考えることをやめられない。

こういう感覚は、たぶん、愛香には理解してもらえないだろう。

愛香は自分とまわりのことしか気にしない。インターネット上でも、仲のいい子たちだけで集まっている愛香たちのグループ。そこに入っているのは、安心感があった。

けれど、よく知らないような相手ともゆるやかにつながっていたからこそ、楓のつぶやきを読むことができた。

自分の好きなもの、興味があることばかり見ていたら、世界が狭くなる。

インターネットにはいろんな情報があふれていて、いやな気分になるようなものを目にしてしまう可能性も高い。

でも、そういうものを知ることにも、意味があるのかもしれない。

結衣は検索エンジンを使って、シリア情勢について調べてみることにした。

テレビのニュースや新聞の記事がインターネット上にも掲載されていたので、ひと通り読んでみる。ほかにも、いろんな立場のひとの意見が書かれているブログや匿名掲示板など、その気になれば、たくさんの情報を見つけることができた。

ややこしくて、理解できないところも多かったけれども……。

なんの役にも立てないのだとしても……。

それでも、知ろうとすること、気にかけるということは、無駄じゃないと思うから。


シリアのことについて、知れば知るほど、結衣は胸がずっしりと重くなった。

どうしたら、この地球上から争いがなくなるのかなんて、わからない。

世界中のえらいひとたちがどんなに考えても解決できないような問題が山積みだ。

スマートフォンを手のひらにのせたまま、結衣は軽く目を閉じる。

自分に、なにができるのだろう？

広い世界にアクセスできる機械を持ちながら、ちっぽけな自分を痛感した。

楓も、こんな気持ちを抱えているのだろうか……。

そう思って、ふと、自分にできることを思いつく。

これまでの人生で、いちばんつらかったのは「無視」されたこと、だった。
だから……。
結衣は目を開けると、スマートフォンを見つめ、指先で文章を打ちはじめた。
だれかと、だれかは、つながっている。そのだれかと、だれかは、つながっている。
そして、そのだれかと、だれかも……。
世界を平和にする方法なんてわからない。
でも、まずはここからはじめてみよう。
ちいさくうなずいて、楓にメッセージを送る。
〈いつも読んでるよ。今度、いっぱい話そう！〉

第二話　楓

1

いつも、上の空。
ぼーっとしている。
場の空気を読まない。
つまり、協調性に欠ける。
十四年間の人生において、観月楓は何度もそう言われてきた。
考えごとにふけると、まわりが見えなくなることは、自覚している。
しかし、注意をされたからといって、改善されるものでもない。
楓は開き直っている。
私は、私。

合うひともいれば、合わないひともいるでしょう。変わり者だと思いたければ、どうぞ、ご自由に。

そもそも、楓はクラスメイトたちになにも期待していない。

学校の教室なんて、狭い世界だ。窮屈で、閉ざされた世界。

サル山みたいだ、と思う。ボスザルを中心に、くだらないヒエラルキーが作られる。おなじ年齢だというだけで、寄せ集められた人間たち。話題といえば、ほかの子や先生のうわさ話とか、どうでもいいことばかり。

ここは、自分の居場所ではない。

教室にいながら、楓はつねにそう感じていた。

そして、手のひらの上にあるスマートフォンを見つめる。

この先には、とても自由な世界が広がっているのだ。

楓は幼いころから、父親に検索のやり方などを教えてもらって、家のリビングに置いてあるパソコンを使っていた。

キーボードで言葉を入力すれば、たくさんの情報を引きだすことができる。

気になることは、なんでも調べた。

たとえば、好きな男性アイドルグループについて。

それまではテレビで見て、かっこいいなあと思っているだけだったが、インターネットを使うことでさまざまな情報を手に入れることができた。テレビ番組に出演したときの裏話やグループ内の人間関係、デビュー前のことなど……。メンバーたちのいろんな面を知ることができて、最初はうれしかった。

けれども、知りたくなかったこともあった。

スキャンダル画像なんてものを見つけてしまったのだ。メンバーたちが女性とキスしている画像や上半身裸で抱き合っているすがたまで、インターネット上にはアップされていた。

一気に、冷めた。

現実を知って、アイドルグループに対するあこがれが、みるみるうちに消えてしまった。

それに、インターネット上には、ファンだけでなく、アンチと呼ばれるひとたちの発言もあった。そのアイドルグループを嫌っているひとたちが、けなすようなことをたくさん書きこんでいた。

そういうものを読んでいるうちに、楓もそのアイドルグループの悪い面が目につくようになった。

物事にはさまざまな側面がある。

いろんなことを知れば知るほど、まわりの子たちと浅い会話ができないようになった。

休み時間のあいだ、楓は教室の片隅にある自分の席で、スマートフォンを片手にずっとインターネットを見ている。

聞くつもりはなくても、クラスメイトたちの声が響いてくる。

クラスメイトたちは、かつて楓が好きだったアイドルグループについて、きゃあきゃあと甲高い声で楽しそうに話していた。

あの輪のなかには、入れない。

いまさら、入りたいとも、思わない。

無理をして、まわりに合わせても、苦痛なだけだ。

スマートフォンさえあれば、ひとりでいることもまったく気にならない。

そんなことを思いながら、楓がスマートフォンの画面をながめていると、メッセージが届いた。

差出人は、おなじクラスの松島結衣だった。

〈前髪、切った？　似合ってる！〉

文章には、かわいいウサギのキャラクターの画像がついている。

楓が顔をあげると、おなじ教室の少し離れた場所に、結衣はいた。数人の女子たちと机を囲んでいる。ひとりは漫画を読み、結衣ともうひとりはスマートフォンをいじっていた。

結衣は最近、なぜか、楓にかまってくる。

ＳＮＳでのつぶやきに返信をもらって、やりとりをするうちに、メッセージを送り合う仲になった。

もしかしたら「ひとりぼっちでかわいそうな子」だと同情されているのだろうか。

そうじゃないのになあ……と不服に思いながらも、楓は結衣に返信した。

〈**ありがとう！　でも、ちょっと切りすぎちゃった**〉

文章といっしょに、しょんぼりした顔の画像をつける。

こういう「ふつうの子」みたいなやりとりをしていると、くすぐったい気分になる。

まるで、自分が自分じゃないようで……。

2

中学校から帰る電車のなかでも、楓はたいてい、スマートフォンの画面をながめている。

いっしょに下校する友人などはいないが、淋しいと思ったことはなかった。

クラスメイトとの会話は、得るものが少なくて、退屈だ。

つまらないおしゃべりにつきあうくらいなら、インターネットの膨大な情報にふれたり、本を読んだりしたほうが、ずっと、有意義な時間を過ごせる。

だから、ひとりでいても平気だった。

なのに、結衣からメッセージが届くと、心がはずむような感じがするのが、楓は不思議だった。

どうでもいいことしか、書いてないのに。

楓とおなじ車両には、べつの私立中学の制服を着たグループが乗っていた。楓とおなじ年齢であろうその五人の女の子は、所かまわずの大声で会話をしている。

「マジ？」

「えーっ、マジで？」

「マジだってば！」

「そりゃないって、マジで」

「マジ、はんぱねええええ！」

そして、ぎゃはははははっと笑い声をあげる。

楓は思わず、眉《まゆ》をひそめた。

まわりの迷惑を考えないような内輪のノリが、とても苦手なのだ。

グループになると、女の子たちはとてもうるさくなる。それがいやで、楓は教室でもどこのグループにも属さないでいた。

集団心理は、おそろしい。

みんながやっているから……。

みんなと合わせなければ……。

その結果、困るひとがいても、おかまいなし。

スマートフォンの画面に視線を落とすと、楓はSNSに書きこんだ。

〈人間は集団になると、『自分たち』以外への想像力を失ってしまうような気がします。『自分とその仲間』だけじゃなく、もっと広い世界に目をむけることも必要ではないでしょうか〉

こんなことを書いたところで、意味なんてないのかもしれない。

楓の発言に対して、反論をするひとも、同意するひともいないのだ。

自分の発言を公開するにあたって、楓はとてもわくわくしていた。インターネットは、世界中につながっている。広い世界に向かって発言をすることで、なにかを変えられるかもしれない。

だが、思っていたような反応がなく、がっかりした。

SNSでつながるのは、まずは現実の知り合いであることが多い。

現実の世界に知り合いの少ない楓は、ＳＮＳをはじめても、その発言に気づいてくれるひとはほとんどいなかった。

最初は知り合いが少なくても、発言を繰り返しているうちに、インターネット上で新しい出会いがあるかもしれないと期待した。

しかし、ＳＮＳで影響力があるのは、もともと有名人だったり、テレビに出ている芸能人だったり、すでにたくさんのファンがいるようなひとばかりだった。

無名の中学生である楓が、まじめな発言をしても、まったく話題にはならない。

虚空に石を放り投げているような感覚になる。

どこにもぶつからない。響かない。手ごたえがない。

たくさんのひとたちがいるはずなのに、素通りされていく。

だんだん、ＳＮＳで発言をするのがむなしくなっていたところに、結衣から返信をもらったのだった。

3

鍵を開けて、家に入ると、飼っているコーギー犬のピピが出迎えてくれた。

ピピはしっぽのあるコーギー犬だ。ぶんぶんとしっぽを振りまわして、楓が帰ってきたことをよろこんでいる。

わずらわしい学校からようやく帰宅して、だれにも邪魔されずに、自分の好きなことができると思うと、楓はとてものびのびとした気分になる。読書やゲームをしたり、アニメを観たり、パソコンでお気に入りのサイトをめぐったり……。ひとりでも、楽しいことはたくさんある。

しばらくピピと遊んだあと、楓は作文を書くことにした。

小学三年生のころから、毎月、作文を書いて、父親に提出している。

作文はすべて手書きだ。父親の「デジタルとアナログのバランスをとる」という教育方針によって、マス目のある原稿用紙に、鉛筆で書かなければならない。

作文のテーマは、いつも自分で考える。

たとえば、最初に父親に渡した作文は「一輪車について」というテーマだった。

楓はどうしても一輪車が欲しくて、誕生日のプレゼントとして、父親にリクエストした。すると、父親はこう言ったのだった。

「それなら、一輪車のどういうところが楽しいか、どんなにそれを欲しいと願っているか、手に入ればどれほどうれしいかなどなど、自分の思いのたけを文章にまとめてみなさい。その作文を読んで、心を動かされたら、買ってあげよう」

それ以来、毎月の作文が、父親とのコミュニケーションの手段になっていた。

欲しいものや行きたい場所、やりたいことなどがあるときには、作文のテーマがすぐに決まる。特に父親に訴えたいことがないときは、読んだ本の感想などを書くことが多い。

なにを書こうかな……。

このあいだ読んでいた本の感想にしようかと考えて、ふと、思い出す。

そういえば、父親から、今度の日曜日にいっしょに動物園に行こうと言われていたのだ。でも、楓は乗り気ではなかった。もう中学生だというのに、親と動物園だなんて……。

根っからインドア派の楓は、外出するのがあまり好きではない。だからこそ、両親は休日のたびに、楓をどこかに連れだそうとするのだが。

今回の作文のテーマは「動物園について」にすることに決めた。

書きたいことを頭のなかでまとめたら、インターネットで「動物園　嫌い」や「動物園　ストレス」などのキーワードで検索して、情報を集める。

もちろん、インターネットで見つけた文章を、そのまま、作文に使ったりしてはいけない。

あくまでも情報収集に使うだけで、作文には自分の考えを自分の言葉で書く。

『自由を奪われて』　観月楓

どうして、動物園なんてものがあるのでしょう。

狭い檻《おり》のなかに閉じこめられた動物たちを見ると、かわいそうで、胸が押しつぶされそうになります。

自然界とかけ離れた環境で暮らすことは、動物たちにとてもストレスを与えます。

北極から連れてこられたシロクマは、夏場の気温が四十度近くまでなるような場所に閉じこめられ、どれほど暑くて苦しいでしょう。

サバンナから連れてこられたライオンは、狩りのできない場所に閉じこめられて、どんな気分でいるのでしょうか。

幼いころは、動物園といえば、めずらしい動物やかわいい動物たちをこの目で見ることができて、とても楽しい施設だと思っていました。

けれども、閉じこめられている動物たちの立場になって考えてみると、もう、楽しむことはできません。

本当の生き方を知らず、故郷に帰ることもできず、見せ物にされている動物の気持ちを考えてみたことがありますか？

たしかに、動物園の暮らしは安全で、食べるものの心配をしなくてもいいかもしれません。

けれども、そこに自由はないのです。

人間のエゴで、動物たちの自由を奪ってもいいのでしょうか？

4

夕食のあと、楓は父親に作文を渡した。

「なるほど。よく書けている。うん、きみの気持ちはわかった」

作文を読んで、父親は大きくうなずく。

「それじゃ、動物園はやめて、アフリカに行ってサファリツアーに参加しよう」

思いがけない言葉に、楓は目をぱちくりとさせた。

「……え？」

真剣な表情で、父親は言葉をつづける。

「動物を連れてくるのがかわいそうだというのなら、人間のほうから自然で暮らす動物に会いに行けばいい。そうだろう？」

さも当然という口調で言われて、楓はとまどう。

「いや、でも、パパ、それは……」

アフリカ？　サファァリツアー？

どこから、そんな単語が出てくるのか。

「本気……じゃないよね？」

おそるおそる確認してみると、父親はソファーから立ちあがり、壁にかけられたカレンダーに近づいた。そして、日付を指さしながら答える。

「もちろん、本気だ。アフリカなら、さすがに日帰りってわけにはいかないな。この連休あたりでどうだ？」

楓は助けを求めるようにして、ソファーに座っている母親のほうへと視線をむけた。

「ねえ、ママ！　パパがこんなこと言いだしてるよ」

すると、食後のコーヒーを飲んでいた母親は顔をあげて、にっこりとほほえんだ。

「いいわね、アフリカ。ケニアにする？　それとも、タンザニア？　コートジボワールなら知り合いがいるわよ」

母親はまったく動じることなく、余裕の笑顔だ。

楓はクラスメイトから「変わっている」と言われることが多い。

しかし、両親に比べたら、自分はまだ常識人なのではなかろうかという気がしないではない。

「もうっ、ママまで！　サファァリツアーとか、絶対いやだからね！」

動物園に出かけることすら面倒だと思っているのに、アフリカなんて遠すぎる！　暑くて、汗かくし！　虫とか多そうだし！

アフリカという場所に対しては漠然としたイメージしかないが、とにかく、家でゆっくり過ごす時間を愛する楓にとって、旅行など苦痛でしかない。

「サバンナに沈む夕日、ヌーの大群、大自然を家族で満喫する……。うん、忘れられない経験になるぞ。楽しみだな」

勝手に盛りあがっている父親に、楓はあわてて言った。

「わかったよ、パパ！　今度の日曜日、いっしょに動物園に行くってば！　だから、サファリツアーはなし！　ねっ？」

すると、父親は満面の笑みを浮かべて、声をはずませた。

「そうかそうか。楓はそんなにパパと動物園に行くのを楽しみにしてくれているのか。うれしいなあ」

ひとりでよろこんでいる父親に、楓はどうもうまく丸めこまれているような気がして、納得いかない。

「っていうか、ママは？　ふたりで行ってくればいいじゃん。私、留守番してるから」

楓が口をとがらせると、母親は首を横に振った。

「言わなかった？　私は今週末、出張だから」

楓の母親はフランス語の通訳をしており、休みの日に仕事が入ることもある。

そのため、幼いころから、楓は父親とふたりで出かけることが多かった。

「つきあってあげて、楓。パパが動物園や水族館に行きたがるときは、疲れている証拠なのよ。あなたは退屈かもしれないけれど、パパを助けると思って」

母親にそう説得され、楓はしぶしぶうなずく。

「……まあ、いいけど」

楓の父親はゲーム会社に勤めており、仕事中はずっとパソコンの前で座っている反動からか、休日は出歩くことを好んだ。

「お昼はなにが食べたい？　楓の好きなもの、食べに行こう」

「カフェに行きたい」

「OK。近くで、よさそうな店、探してみよう」

父親は自分のスマートフォンを取りだして、検索をはじめる。

なんだかんだ言いつつ、家族と仲がいいことも、自分が年相応の友達づきあいになじめない理由のひとつかもしれないな、と楓は思う。

クラスメイトたちが親の愚痴で盛りあがっていても、楓はその輪に入っていくことはできない。

なにしろ、内心では、どんな友達といるよりも、家族で過ごすほうが楽しいと思っているのだ。

5

久しぶりに、動物園特有のにおいをかいで、楓は「くさい……」と顔をしかめた。動物の糞尿《ふんにょう》や体臭の入り混じったにおいや、鳥やサルの鳴き声が、風に乗って運ばれてくる。


入園ゲートを抜けると、ピンク色をしたフラミンゴの群れが、目に入った。

「いい天気になってよかったな。雲ひとつない青空。絶好の動物園日和だな」

うれしそうな声で話す父親の横で、楓は無言のまま、スマートフォンを取りだす。

そして、色鮮やかなフラミンゴを撮影して、ＳＮＳに写真をアップした。


〈動物園に来ています〉


顔をあげると、父親がこちらを見ていた。

「かーえでちゃん」

父親は猫なで声を出して、わざとらしく「ちゃんづけ」で名前を呼ぶと、楓のスマートフォンを指さす。

「パパとおでかけしてるときは、ネット禁止」

目の前にだれかがいるときにスマートフォンをいじることはマナー違反だと、父親は言うのだ。

「そんな感覚、古いって。みんな、しゃべりながらふつうにネット見たりしてるし」

「それでも、パパはやめてほしいんだ。せっかく大好きな楓といっしょにいるのに、スマホにばかり気を取られていたら、パパは淋《さみ》しい気持ちになる。相手がいやがることをしないというのが、マナーだよ。さあ、行くぞ。パパはトラが見たいんだ」

楓はスマートフォンをしまうと、つまらなそうな顔のまま、意気揚々と歩く父親のあとについていく。

楽しくないわけではないが、いい年をして父親といっしょに動物園なんかに来てうれしそうにしているのは、プライドが許さないという気分なのだ。

茶色く塗られたコンクリートの上で、アムールトラがゆっくりと歩いている。

トラというのは、美しい生き物だ、と楓は思う。

その毛並み、金色の瞳《ひとみ》、堂々とした体格……。巨体でありながら、ネコ科の動物だけあって、歩くときには足音を立てず、その動作は優美ですらある。

「写真を撮るのはいいでしょ？」

父親に確認してから、楓はスマートフォンを取りだして、トラのすがたを撮影した。

「あの作文で、楓は動物園について、否定的な意見ばかりを書いていただろう？」

　トラを見つめながら、父親は問いかけてくる。

「うん、だって、どう考えても、動物園なんて人間のエゴだもの」

「たしかに、動物園は人間を楽しませる『娯楽』のための施設ではある。けれども、それだけじゃない」

「どういうこと？」

「動物園には『保護』や『研究』という役割もあるんだ。絶滅のおそれがある動物を飼育することは、種の保存という観点からも大切なことだよ」

　そんな父親の言葉を聞きながら、楓はトラの檻《おり》の横に展示されている自然保護区の写真を見つめる。

　環境破壊などによって野生のアムールトラはすむ場所を奪われ、数が減っていると書かれていた。人間が保護しなければ、絶滅してしまうおそれがあるらしい。

　作文を書くとき、楓はまず、結論を決めていた。

　動物園に否定的な内容にしようと思っていたから、インターネットで情報を探すときにも、自分の主張に合う情報ばかりを求めていたのだ。

　もし、検索をするときに「動物園」というキーワードといっしょに、ポジティブな言葉を入力していれば、まったくちがった情報を目にしていただろう。

インターネットには、さまざまな情報があふれている。しかし、検索の仕方によって、そこから引きだされる情報には、かたよりが出てくるのだ。

「それに、動物園の役割には『教育』というものもある。いま、楓はこうして、実物のトラを見たり、展示を読んだりして、学んでいるだろう?」

楓がうなずくと、父親は話をつづけた。

「もちろん、それだって人間の都合であり、エゴと言えるのかもしれない。どんなことにも、肯定的な面があれば、否定的な面もある。さまざまなことを知ったうえでも、うまく楽しめるのが大人なのかもしれないな」

ふたりはそれから、順路にしたがって、クマやゾウなどを見て歩き、サル山にたどりついた。

6

楓たちはベンチに座って、サル山をながめながら、少し足を休ませることにした。

サル山では、何十四ものサルたちが、思い思いの場所で、昼寝をしたり、毛づくろいをしたりしていた。

子ザルたちがちょこまかと動きまわるすがたはかわいい。一方、大きなサルはどことなくこわい感じがする。

「サルはどうして、毛づくろいをするのだと思う？」

父親の質問に、楓は少し考えて答える。

「ノミをとっているんじゃないの？」

「あれは自分たちの絆《きずな》をたしかめあうコミュニケーションのための行為なんだ」

楓はサルたちを観察しながら、父親の言葉を聞く。

体格の大きなサルのところには、つぎつぎにべつのサルがやってきて、毛づくろいを行っていた。その様子は、まるでご機嫌を取っているかのようだ。

「群れで暮らすと、敵から自分たちを守りやすい。けれども、他者と暮らすことには、ストレスも生じる。そのストレスをやわらげて、良好な関係を維持するため、サルもヒトも『毛づくろい』が必要だというわけだ」

「サルもヒトも……って、人間は毛づくろいなんかしないでしょ」

「人類は毛づくろいのかわりとして、言語を発達させた、という説があるんだよ」

「毛づくろいのかわり？」

「人間も初期のころはサルのようにスキンシップによってコミュニケーションを取っていた。だが、群れの規模が大きくなると、いちいち、毛づくろいをしていては時間が足りなくなる。かわりに、言語が発達して、うわさ話やゴシップを伝えることを好むようになった、と考える研究者もいるんだ。おもしろいと思わないかい?」

仲良くするために、せっせと毛づくろいをするサルたち。

それはたしかに、つながりをたしかめあうために、どうでもいい会話をしたり、せっせとインターネット上でメッセージのやりとりをしたりする人間たちに似ているかもしれない、と楓は思った。


父親がベンチを立ち、トイレへむかう。

そのすきに、楓はスマートフォンを取りだして、SNSをチェックした。

先ほどの書きこみに、結衣から返信があった。

〈いいね! 私も動物園、行きたーい!〉

たったこれだけの文章なのに、楓はプレゼントを贈られたような気持ちになる。

ずっと、ふつうの友達づきあいというものには、興味がなかった。

概念としての「サル」という言葉を使って、楓は見下すようなニュアンスで、クラスメイトたちのことを「サル山のサルみたいだ」と思っていた。

けれども、実際にサルたちをながめていると、バカにするような気持ちにはならない。

まったりとした雰囲気のなかで、サルたちは気持ちよさそうに、毛づくろいをしている。

結衣とやりとりをするのは、楽しい。

ようやく、楓は自分の気持ちに、気づいた。

友達になりたい、と思っているのだ。

そして、とまどう。

これまで、ちゃんとした友達なんて作ったことがない。

ふつうの友達づきあい、というものは、どうすればいいのだろう……？

検索してみようかな、と思う。

しかし、スマートフォンを片手に持ったまま、楓は考えた。

インターネットには、中学生が友達と仲良くする方法についての情報はあるかもしれない。

けれども、観月楓が松島結衣という女の子と友達になるための方法は、自分で見つけるしかないのだ。

楓は、これまで読んだ結衣のつぶやきを思い出す。

そういえば、以前、結衣はオオカミの動画を見て、とても感動していた。

動物のなかでも、特にオオカミが好きらしい。

父親が戻ってくると、楓はすたすたと歩きだした。

「あれ？　楓、どこに行くんだ？　ペンギンは？」

「オオカミが見たいの」

楓がオオカミのいる檻に近づいた途端、少しだけ変わったことが起きた。

一匹のオオカミが前足をそろえて座り、あごをあげ、大空にむかって、遠吠《とおぼ》えをはじめたのだ。

楓はあわてて、スマートフォンをかまえ、その様子を動画で撮影する。

ここには、ほかに、オオカミなんていない。

それなのに、オオカミは遠吠えをつづける。

だれに、なにを伝えようとしているのか……。

「ねえ、パパ。動画って、どうやってアップするの？」

楓はとなりにいる父親に教えてもらって、さっそく、いま撮ったばかりの動画をインターネットで公開してみた。

それから、結衣にメッセージを送る。

〈オオカミ、好きだったよね？　よかったら、見て〉

動画のアドレスを送ると、すぐに結衣から返信があった。

〈見たよ～☆　すごい！　かっこいい〉

それだけじゃない。

動画共有サイトには、知らないひとたちからもコメントがついていた。

〈オオカミ好き～〉

〈動物園のオオカミも、遠吠えするのか〉

〈COOl〉

〈久しぶりに、動物園に行きたくなった〉

SNSのおもしろさ、つながることの楽しさが、楓にも理解できた気がした。

現実と、おなじなんだ。

ネット上であろうが、現実だろうが、だれかが自分のことを気にしてくれると、うれしい。

ささいなことでいい。あいさつを交わすようなもの。深い内容なんてなくても、そのやりとりに意味がある。

サルになるのも悪くはないかな、と楓は思った。

第三話　純平

1

「パパ」

女の子の声がする。

「ねえ、パパってば！」

パパ？　ああ、俺のことか。

自分を呼んでいるのは、ひとり娘の楓だ。

「ああ、ごめん。ぼーっとしてた。うん？　なんだ？」

観月純平《みづきじゅんぺい》は返事をしながら、あわてて振り返る。

「歯みがき、終わったんだったら、早くかわってよ。遅刻しちゃうでしょ」

すでに中学の制服を着た楓は、ふくれっ面を作って、純平に言った。

娘に追い立てられるようにして、純平は洗面台の前を明け渡す。

だれに似たのか、楓はかわいくて、聡明《そうめい》で、いい子だ。

楓を見つめながら、純平は自分に中学生の娘がいるという事実を再認識して、いまさらながら、驚いてしまう。

自分が結婚をして、子どもを育てているなんて、信じられない。

「十四歳の娘を持つ父親」という図と「自分自身」がどうにもイコールでつながらないのだ。

子どものころの予定では「風来坊」になるはずだった。

風のむくまま、気のむくまま、冒険の旅をつづける。そんな人生に、あこがれていた。

それなのに、思いがけないほど早くに結婚をして、娘が生まれた。ローンを組んでマンションを買ったり、娘に勉強を教えて受験をさせて私立の中学校に入れたり、まっとうな人生のようなものを自分が歩んでいることに、違和感をぬぐいきれない。

「パパ、今日はなんで早起きなの？」

純平の会社はフレックスタイム制で、ふだんならば午前中に仕事をすることは少なく、朝の時間帯に楓と顔を合わせることは少ない。

「今日はいつもとはちがう仕事なんだ」

「ふうん。それで、めずらしくスーツなんだね」

ちらりと純平のすがたを見たあと、楓はわずかに笑みを見せた。

「そういう格好だと、パパも大人っぽく見えるよね」

「いや、大人っぽいもなにも、いつも、つねに、パパは大人なんだが?」

「えー、いつもは大人っぽくないじゃん、全然。ね、ママ?」

楓が言うと、妻も笑いながらうなずいた。

「本物の大人の男性だったら、こんなふうにネクタイが曲がっていたりしないんじゃない?」

愛しい妻にネクタイの結び目を正されながら、純平は幸せすぎて、逃げだしたいような衝動に駆られる。

純平が小学生だったころから、まわりの大人たちは子どもに「将来の夢」を語らせたがった。

夢という言葉にはいくつか解釈の仕方があり、たいていの子どもは「将来なりたい職業」を問われているのだと理解して、サッカー選手やケーキ屋さんなどと答えるのだが、なかには「世界一周旅行」や「世界征服」といった、仕事とは関係なく「いつか成し遂げてみたいこと」を公言する者もいた。

純平はといえば、卒業文集に書いた将来の夢は「ゲームクリエーター」だった。

本当は冒険者にあこがれていたけれど、小学六年生にもなれば、自分が「伝説の勇者」ではないことにも気づかざるを得ず、非現実的な夢は胸に秘めるだけの分別を身につけていた。

大学卒業後は、ゲーム会社に就職した。

プログラマーで入ったが、ディレクター的な役割をして企画を立ちあげたこともあり、子どものころの夢を叶《かな》えたといえるだろう。

しかし、部署異動があった。

いまの仕事は、子どものころに夢見ていたものとはまったくちがう……。

2

入社してからずっと、夢中で仕事をしてきた。大きなプロジェクトが成功して、続編をいくつか作り、シリーズの打ち切りが決まり、辞令が出て、異動になった先は、人事部だった。

肩書に役職がつき、給料はあがった。面倒見のよさを買われ、上役からの評価が高かったがゆえの昇進らしい。だが、開発の現場からは離れることになった。

自分は会社という組織の一員なのだと、痛感した。

これまでとは勝手のちがう仕事内容に、とまどうことも多い。社員採用の書類審査や面接を行ったり、研修を企画したりするのが、最近の純平の主な仕事だ。

「はあ……」

気づかないうちに、ため息をついていた。

「浮かない顔だな」

同僚に言われ、純平は小声で答える。

「新卒の面接って、気が重いんだよな」

「そうか？　俺は好きだが。自分がいるところに、必死で入りたがってるやつらを見るのって、気分いいじゃん」

せせら笑う同僚を見て、純平はますます気が滅入《めい》った。


ゲームキャラクターのフィギュアが並んだ机で事務作業をしているうち、面接の時間が近づいてきた。応接室に行く前に、トイレに寄ることにする。

純平が入社したころに比べ、社員はずいぶんと増え、ビルも大きくなった。

おもしろいゲームを作るために集まったひとびと。純平もその仲間になりたくて、この会社に入った。だが、規模が大きくなるにつれて、収益こそが最優先に考えられるようになり、最近では会社の方針に疑問を感じることも多い。

純平は洗面所の鏡の前に立ち、ネクタイを結びなおす。

慣れないせいか、どうも首のまわりが苦しくて、気になってしかたがない。

総務の人間もラフな格好をしていることが多い社風ではあるのだが、社外の人間と会うときにはスーツ着用が望ましいとされていた。

面接というのは、こちらが採用候補者を見極める場でありながら、相手から見られる場でもあるのだ。

鏡のなかには、面接官らしい顔をした自分のすがたが映っていた。

ロールプレイング。昔は、勇者だったり、戦士だったり、魔法使いだったりしたのに、いま演じている役割はまったく心が躍らない。

「物心ついたころから、御社のゲームのファンで……」

リクルートスーツに身を包んだ男子学生が、三人の面接官を前に、緊張した面持ちで志望動機を語る。

ゲームが好きだから、ゲーム会社に就職したい。

悪くはないが、ありきたりで、うんざりするほど何度も聞いた内容だ。

ゲームは娯楽なので、それが楽しくて、好きになるひとが多いのは当然だ。

会社が求めているのは、ゲームで「遊ぶ」ことではなく、ゲームを「作る」ことが好きな人材なのだが、この男子学生はそこのところがわかっているのだろうか。

自己アピールのあとは、面接官が順番に質問をしていく。

「ゲームよりも好きなものはありますか？」

純平が問いかけると、男子学生は一瞬、言葉につまった。

しかし、すぐに前をむき、はきはきとした口調で答える。

「中学時代からずっとテニスをつづけていますし、映画も好きですが、やはり、自分がいちばんやりたいのはゲームに関わる仕事だと思い、御社を志望いたしました」

まっすぐにこちらを見て、そう言い切るすがたに、偽りはないように思えた。

3

選別するというのは、非常に疲れる作業だ。

面接が終わると、精神的な疲労をかなり感じた。

「最後の女の子が、断トツだったな」

履歴書をながめながら、純平はつぶやく。

好感の持てる外見で、英語が堪能《たんのう》で留学経験があり、面接での受け答えもそつがなく、圧倒的に優秀そうな女子学生だった。

「なんで、うちなんか受けに来たんだっていう感じでしたね」

いっしょに面接をしていた後輩が、履歴書の写真を見つめて言った。

「この子、ほかにいいところが決まったら、速攻で内定辞退しそうですけど」

「ま、そのへんは、上が判断するだろ」

面接官といっても、純平が行うのは二次試験で、最終的に決めるのは役員たちだ。今日の分からふたり残して、最終面接へとあげる。

採用にあたって、純平は上司からこんなアドバイスを受けていた。

チームの一員として会社に貢献できるような人材を確保すること。

簡単に言ってしまえば、仕事をサボらず、みんなと仲良くできる人間が求められているのだが、それをわずかな時間の会話で見極めるというのも、難しい話だ。

「あとひとり、だれを残すか……」

面接というのは正解があるわけではない。

思い入れだけではどうしようもない部分も多いが、純平は熱意を重視したかった。

開発の現場は残業も多く、モチベーションを保ちつづけるためには、やはり、好きという気持ちがなによりも大切だ。

「はい、ヒット！」

タブレット端末を操作しながら、同僚がつぶやいた。

「ほら、これ」

そこにはSNSの画面があり、こんなつぶやきが書きこまれていた。

〈明日《あした》は、某ゲーム会社の面接〉

〈ま、正直、ゲームとかあんま興味ないけど、いちおう、場数をこなすってことで〉

アイコンには顔写真こそ使われていないものの、名前はまさに先ほど面接を受けていた男子学生のものだった。

純平はあきれてしまって、声も出ない。

「しかし、なんで、本名でやるかなあ」

同僚はバカにしきった声で言った。

「検索をすれば、一発でばれることくらい、わかるだろうに」

仲間うちにむけたつもりの発言であっても、それをインターネット上に公開すれば、いつ、どんな相手に読まれるかわからない。

ソーシャルメディアのあつかい方が未熟で、機密情報を漏らしかねないような人物ということで、当然、彼の採用はなくなった。

あの男子学生は、なぜ、こんなことを書いてしまったのか。

自分がいちばんやりたいのはゲームの仕事だ、という彼の言葉に、嘘はないと感じた。純平が受けた印象では、彼は心からゲームが好きで、どうしても入社を望んでおり、一生懸命に仕事をするだろうという気がしたのだ。

しかし、一方で、こんな書きこみをしていたことも事実だ。

どちらが、本当の彼自身なのか。

ふつうに考えれば、現実で見せる顔が「建て前」で、インターネット上でのつぶやきが「本音」だろう。

だが、純平には、そうは思えなかった。

むしろ、面接で見せたのが彼の本心で、SNSでは友人や知人に読まれるからこそ、必死に取り繕い、強がり、虚勢を張って、演じているのではないだろうか。

書類審査をクリアして、面接にこぎつけたことを自慢したい。

だが、ゲームに夢中だということがばれるのは、かっこ悪いと思っている。

しかも、面接で落とされたときのことを考えて、本気じゃないというアピールをしているのだ。

底が浅い、といえばそれまでだが、SNSによってがんじがらめにされている彼が、少々、かわいそうに思える。

もっと、自由に生きればいいのに。

その言葉は、ブーメランとなって、純平自身にも返ってくる。

4

「ほかの子たちは、まあ、問題なさそうだな」

「観月さんも、いちおう、チェックしておいてくださいよ。検索漏れがあるかもしれませんから」

後輩に言われ、純平も履歴書にある学生の名前や大学名やサークル名などをキーワードにしたり、会社の名前に「面接」や「採用」などの言葉を足したりして、検索をかけ、インターネット上の情報を確認していく。

いやな作業だ。他人のプライバシーをのぞくような行為。

だが、やりたいことばかりやっているわけにはいかないのが、会社員というものだ。

「俺らの時代って、基本、書きこみは匿名……って意識があるんだけど、最近の若いやつらって、平気で本名を公開するよな。リスク意識、低すぎだろ」

同僚の言葉に、純平もうなずく。

「それだけ、ネットが身近になったってことだろうけど」

中学生になる娘の楓は、いわゆるデジタルネイティブであり、生まれたときからあたりまえのようにインターネットというものが存在していた。

もはや、ネットとリアルに境目はない。

インターネットも「現実の一部」であり、地つづきなのだ。

面接に来ていた男子学生が、本名でSNSを使っていたのも、現実の知り合いとインターネットでも交流するために利用しているという感覚だったからだろう。

だれもが端末を持ち、いつでもどこでもインターネットに常時接続されていて、オンラインとオフラインの区切りがない。

インターネットが「特別な場所」だった自分たちの世代とは、概念がちがうのだ。

純平がはじめて、パソコンを手に入れたころ、インターネットは現実とは「別世界」だった。

現実の世界では、まわりにインターネットというものを知っている人間はほとんどおらず、純平は変わり者のパソコンオタクだった。

いまどきはどんな回線もたいてい常時接続の定額制だが、そのころはインターネットに接続すると、その分だけ電話料金がかかっていた。

ぴぽぱぴぴ、ぴーががががーがーというダイヤルアップの接続音が懐かしく思い出される。

ブログなんてお手軽なものはなく、純平はプログラム言語を勉強して、ホームページと呼ばれるものを作成した。

自分の好きなゲームソフトのレビューや攻略法を書いて、掲示板を作り、おなじゲームのファンたちと交流していたのだ。

会ったことのないひとたちと、インターネット上の書きこみだけでやりとりをするのは、とても未来的で、わくわくするようなできごとだった。

インターネット上で、純平は「六月ウサギ」というハンドルネームを使っていた。「六月ウサギのゲーム工房」というのが、自作ホームページの名前だった。なんとも気恥ずかしいネーミングだが、中学二年生のときに作成したので、当時のセンスがいかんなく発揮されている。

六月ウサギとしての自分は、現実の世界の自分とは、べつの人格だった。

昨今ではホムペやコテハンという言葉も、すでに死語となり、若い子には通じないのだろう。

5

ぐったりしながら、純平は帰路につく。

開発部にいたときには、納期前にもなると連日残業がつづいて、睡眠不足と疲労でへろへろになっていたが、しびれるような充実感があった。

いまのほうが労働時間は少ないはずなのに、開発の現場で忙しくしていたときとはちがう種類の疲労がこびりついて取れない。

電車はさほど混んではいなかった。座席のひとびとは、半数以上がスマートフォンを持って、文章を打ちこんだり、ゲームをしたりしている。

純平が子どものころには、こんなふうに大人がゲームで遊んでいるのが自然な風景になるなんて、想像もつかなかった。

ゲームは悪者あつかいされていて、その悔しさが、いいゲームを作りたい、すばらしいゲームもあるのだということを認めさせたい、というモチベーションにもなっていたような気がする。

いま、自分がしている仕事は、かつて夢見ていたものとはちがう。

他人を評価して判定を下すという行為は、物作りの楽しさから遠い。

純平は精神力を回復させるため、スマートフォンを取りだして、娘の写真をながめた。

先日、いっしょに動物園に行ったときの写真だ。サル山を真剣なまなざしで見つめている娘の横顔を撮影した。二枚目に写っている楓は、写真を撮られたことに気づいて、仏頂面を見せている。

妻には「動物園や水族館に行きたがるときは、疲れている証拠」だと見抜かれていた。

疲れていたり、悩んでいたりすると、生命力とでもいうべきものをチャージしたくて、生き物がたくさんいる場所に行きたくなる。

動物園という、ある意味で「本物ではない空間」が、純平は好きだった。

サバンナに行かなくても、動物園では「人工的に作られた自然」を感じることができる。それは野山をかけまわって虫捕りをするかわりに、ゲームのなかでモンスターをゲットする感覚にも近い。

娘が書いた動物園についての作文を読んだとき、純平は奇妙な感動をおぼえた。

自分が中学生のころに考えていたような内容と、おなじことを娘も書いていたのだ。

ひねくれ者の遺伝子なのだろうか。

大人になった自分は、清濁あわせ呑《の》み、現実と折り合いをつけて生きていけるようになったと思っていた。

だが、いまでも……。

時折、遠くで、だれかが、呼んでいるような気がする。

暗い道を歩いていた純平は、ふらりと引き寄せられるようにして、コンビニエンスストアに足を踏み入れた。

雑誌とプリンを三つ、レジに持っていき、代金を支払うと、店員の女の子が言った。

「いつもありがとうございます！」

目がくりっとして、元気がみなぎっているような女の子だ。高校生のアルバイトだろうか。胸元の名札には「きくい」と書かれている。前にも何度か見かけたことがあり、感じのいい子だなと印象に残っていた。

あと数年もすれば、娘の楓もこのお嬢さんみたいな年頃になるのだと思って、純平は複雑な気持ちになる。

店員の女の子はおつりを渡しながら、まぶしいような笑顔で言った。

「今日も一日、お仕事、お疲れ様です！」

そんな言葉をかけられるなんて、よほど疲れて見えるのだろうか……と苦笑したいような気分になりつつ、その一言はしみじみと心に響いた。

6

「わーい、プリン」

難しい年頃となり、もはや父親に甘えてくることのない娘も、プリンを渡すと、笑顔を見せた。

「あ、これ、苺《いちご》ソースをかけるやつ？　前にネットで見て、食べたかったんだよね」

「お気に召してなによりだ」

仕事を終え、食料を手に入れて、家族のもとへと運ぶ。

狩りで手に入れた肉などではなく、コンビニエンスストアで買ったプリンであるところが、いまいちかっこよさには欠けるが、これもひとつの男の甲斐性《かいしょう》という気分になる。

「ママは？」

「お風呂《ふろ》。ご飯はまだだよ」

「じゃ、いっしょに入ってこようかな」

ネクタイをはずそうとすると、楓は思いきり顔をしかめた。

「やめてよ、きもい」

「夫婦円満というのは、いいことじゃないか」

軽口をたたきながら、純平は寝室にむかい、スーツを脱ぎ捨てる。

実際には風呂にはむかわず、純平は着替えて、パソコンの電源をつけた。

しばらく、ネットサーフィンをする。波乗りをするようにリンクをたどり、さまざまなウェブページを閲覧することをネットサーフィンと言い表していたのだが、最近ではとんと聞かなくなった。これもまた死語なのだろう。

そんなことを考えながら、画面をながめ、気ままにクリックしていたところ、思いがけないものが目に飛びこんできた。

見覚えのある「六月ウサギのゲーム工房」という文字。

中学時代に自分が運営していたホームページだ。

「え……、なんで……」

消したはずだったのに、キャプチャーされたページの画像が懐かしのゲーム評論サイトとして紹介されていたのだ。

広大なネットの海で、かつての自分と出会うなんて……。

若気の至り満載の思いこみの激しい文章が、そこには書かれていた。

〈このゲームシナリオ、感動的すぎる！〉

〈俺は絶対、ゲームクリエーターになる！〉

〈子どもでも大人でも、住んでいる国とかも関係なく、世界中の人間が楽しめるようなゲームを作ることを、いま、ここに誓う！〉

塗り消したいような過去、黒歴史とでもいうべきものであり、羞恥《しゅうち》に身もだえしそうになる。

だが、それらを読んでいくうちに、胸に熱いものがこみあげてきた。

失いかけていた情熱が、よみがえる。

あのころの自分とおなじ気持ちが、まだ、いまも心のなかに存在していた。

ああ、ゲームが作りてえ！

プロジェクトに参加してえ！

スクリプトが書きてえよ！

「お帰りなさい」

白いバスタオルを頭部にぐるりと巻いた妻が、寝室へと入ってきた。

「お風呂は？」

「うーん、食後に入る」

純平は振り返ると、妻のほうを見て、「あのさ……」と話を切りだした。

「会社をやめる、って言ったら、どうする？」

さりげない口調で言ってみると、妻はことともなげに答えた。

「いいわよ、べつに。ぜいたくをしなければ、私の収入だけでもやっていけるし」

それを聞いた瞬間、自分はすばらしい女性と結婚したものだ……とつくづく思った。

「それで、やめたあとはどうするつもりなの？」

妻の言葉に、純平は椅子の背もたれに頭をあずけ、天井を見つめる。

「とりあえず、仲間を見つけて、パーティー組んで、起業でもするか」

冒険の旅に出かけるような気持ちで、純平は今後について考えることにした。

第四話　キクコ

1

菊井《きくい》キクコが生まれたのは、音楽一家だった。

祖父は音楽大学の教授、父親は作曲家、母親はヴァイオリニスト、そして、姉はウィーンの名門音楽学校に留学中である。

だが、キクコにはクラシック音楽の才能がなかった。

物心つく前から姉とおなじヴァイオリンの先生についてレッスンを受けていたが、練習は苦痛でしかなく、コンクールなどで両親が満足する成績をおさめることはできなかった。

音大の付属高校を受験して、不合格となったキクコは、ふつうの私立高校に通うことになった。

だが、放課後や休日は、ヴァイオリンのレッスンやコンクールのために使われ、クラスメイトたちと遊ぶひまはなく、孤立していった。

ある日、ヴァイオリンの弦が切れた。

キクコのなかでも、なにかが、切れた。

以来、レッスンに行くことをやめてしまった。


キクコはいま、コンビニエンスストアでアルバイトをしている。

最初、両親は反対したが、キクコは「ふつうの高校生になりたいの！　みんながやるようなことをやってみたいの！」とひたすら主張した。

キクコが勝手にヴァイオリンを放りだしたことについて、両親は考え直すように説得しようとしたが、ついにはあきらめた。

アルバイトできることになったのも、許されたというよりも、見放されたからだった。

両親が望んでいた音楽の道から、はずれてしまった。

悲鳴をあげるように「もう二度とヴァイオリンなんか弾きたくない！」と言ったとき、自分にむけられた両親の目は、ぞっとするほどつめたかった。

そして、最近では、もはや、両親はキクコを見ることすらなくなった。

期待されない。注目されない。目をかけてもらえない……。

おなじ家に暮らしていながら、両親はキクコを「いないもの」としてあつかっている。

両親にとって、音楽こそ、すべてだ。

その価値観にそぐわない人間は、たとえ家族であっても、重要ではないのだろう。

「いらっしゃいませ！　こんばんは！」

自動ドアが開き、お客さんが入ってくると、キクコは大きな声であいさつをする。

たいていのお客さんは無反応だけれども、たまに会釈をしたり、あいさつを返してくれたりするひともいる。老若男女さまざまなお客さんが来るので、キクコにとっては興味深いことばかりだ。

アルバイトをするにあたって、キクコの両親が出した条件は「知り合いに見つからないこと」だった。

見栄っ張りな両親にとって、娘がコンビニエンスストアでアルバイトをしているなんて、一家の恥なのだ。選ばれし芸術家であることにプライドを持っている両親には、だれにでもできるような仕事を見下しているところがあった。

自宅から遠く離れた場所で、キクコはアルバイトをすることになった。

店長はキクコの母親とおなじくらいの年齢の女性だが、いつも気取っている母親とはちがって、愛想のいいおばさんだ。

「キクコちゃん、悪いんだけど、今度の日曜も出てくれる？　もうひとりの子が急に用事が入っちゃったみたいで」

店長の言葉に、キクコは笑顔で答える。

「いいですよ」

家にいるよりも、アルバイトをしているほうがよほど気が楽だ。少なくとも、ここにいれば、自分には時給の分だけの価値があると思えるから。

2

休日のお客さんは、平日の夕方とは少しちがう。

駅からすぐのところに登山道があり、頂上の神社はちょっとした観光名所になっているらしく、休日になるとハイキング客が増えるのだ。

先ほどおにぎりを買っていったお客さんも、登山靴をはき、リュックサックを背負っていた。

「ありがとうございました！」

レジカウンターの内側から、キクコはお客さんを見送る。

「おにぎりを多めに発注しておいて正解だったわね」

お客さんが途切れると、店長が言った。

「今日はいい天気になりそうだから、ハイキング客が多いと思ったのよ」

そんな話をしていると、帽子を深くかぶった男性が、ペットボトルに入ったミネラルウォーターをレジに持ってきた。

その男性客が店を出ると、となりにいた店長が声をひそめて、言った。

「さっきのお客さん、気づいた？」

「え？　なにがですか？」

首をかしげたキクコに、店長が話す。

「わりと有名なサッカー選手の……。ほら、CMなんかにも出てるでしょ。あそこの神社、球技の神様っていうことで、よく、スポーツ選手が来るのよ」

「へえ、そうなんですか」

これまでスポーツにまったく興味のなかったキクコは、有名な選手だと言われてもぴんと来なかった。

「テレビで見たことのあるようなひとがお客さんに来ても、ふつうに接客してね。だれだれ選手がバイト先にご来店、なんてことをインターネットで書きこんだりしちゃだめよ」

「はい、わかりました」

研修のときに読んだマニュアルにも、ＳＮＳのあつかいについては注意事項が記載されていた。以前、アルバイト店員が店内で悪ふざけをした写真をＳＮＳに投稿したところ、あっという間に拡散して、大きな問題になったらしい。

キクコの感覚ではそもそもアルバイト先で迷惑行為をしておもしろがるというのが理解できないし、そんな写真や動画をインターネット上にアップすれば、いろんなひとたちから怒られるというのはあたりまえだと思うので、いまさら言われるまでもなかった。

「まあ、キクコちゃんはまじめそうだから、だいじょうぶだと思うけれど」

そう言って笑って、店長は話をつづけた。

「キクコちゃん、山のほうには行ったことある？」

「ないです」

「アタシもここに住んでウン十年だけれど、山には行ったことないのよね。だって、疲れるだけじゃない？　なんでわざわざ山なんか登るのかしらねえ。なにが楽しいのか、さっぱりわからないわ」

店長の言葉に、キクコも「そうですね」とあいづちを打つ。

けれども、内心で、登ってみようかな、と考える。

ヴァイオリンをやめて、自分にはなにもなくなった。

レッスンに行かなくなったかわりに、いろんなことをしてみたい。

そんなふうに思っていたら、ふとヴァイオリンの音色が耳に届いた。

店内にかかっているBGMだ。使われている楽器はヴァイオリンだけれども、クラシック音楽ではない。

どこかで聴いたことのあるメロディ……。

あ、わかった。子どものころに観たことのあるアニメの主題歌だ。

へえ、おもしろい。こういうアレンジもあるのか……。

つい、集中して、耳をかたむけてしまう。

もう、音楽とは、すっぱり縁を切ったつもりなのに。

3

家に帰ってからも、ヴァイオリンで奏でられていたアニメの曲が耳について、離れなかった。

キクコはスマートフォンを取りだして、検索してみる。

動画共有サイトで、さまざまなひとがその曲をヴァイオリンで弾いているのを見つけた。

プロの演奏家ではないひとでも、自分が演奏しているすがたを撮影してアップしている。それがキクコには新鮮だった。

そのうちのひとつを再生してみる。

自分とおなじくらいの年の少女だ。

動画には「新世代の美少女ヴァイオリニストアイドル」と書かれていた。

セーラー服を着た少女が、ヴァイオリンを左手に持ち、にこやかに笑いながら右手の弓を振って、こちらに語りかけてくる。

〈えっと、こんにちは、モモッチです！　今日はファンのひとからリクエストのあったこの曲を弾きます〉

それから、モモッチと名乗った少女は、ヴァイオリンを弾きはじめた。

すると、画面にたくさんのコメントが流れる。

〈待ってました！〉

〈さすがモモッチ！　マジ天使！〉

〈今日もヴァイオリンが歌ってるね～～～〉

コメントを読んでいるうち、キクコは思った。

これだったら、私のほうが断然、うまい。

レベルの低い演奏をしている少女に、こんなにも絶賛のコメントがつくなんて信じられなかった。

これくらいの演奏で、こんなにほめられるなら、自分だって……。

そんな気持ちが、胸にわきあがってくる。

知らなかったこと、できなかったことに、挑戦してみたい。

そのひとつとして、動画を投稿してみるのもいいかもしれない。

そう思って、インターネットで調べてみると、思っていたよりも簡単に、動画共有サイトというものは利用できそうだった。

SNSのアカウントを持っていればだれでも無料で動画を投稿できるアプリを見つけて、キクコはさっそくダウンロードしてみる。

以前、ヴァイオリン教室のクリスマス会のために、アニメ映画の曲を練習したことがあった。なので、キクコはさっそく、そのときの曲を弾いてみることにした。

キクコがヴァイオリンを演奏して、動画を投稿すると、コメントが書きこまれた。

〈おおっ、かわいい〉

〈ｋｉｋｕちゃん、美人ですね～〉

〈あたしも、この曲、ちょー好きー〉

〈天才少女あらわる〉

〈はじめまして、ｋｉｋｕちゃん！　ファンになりました！〉

〈これは神レベルの女子高生〉

ずらりと並んだコメントの数々に、キクコはうれしくて、顔がほころぶ。

レッスンの先生にも、両親にも、ずっと、ダメ出しされていた。

だめだめ、そんなんじゃ。まだまだ全然だめだわ。

もっと、がんばりなさい。もっと、練習しなきゃ。もっともっと。

けれども、ここにコメントを書いてくれるひとたちはちがう。

いまのままでも、自分を受け入れてくれるんだ……。

4

コメントでほめてもらえるのがうれしくて、キクコはそれから何度もヴァイオリンを演奏して、動画を投稿した。

その動画をどれだけのひとが目にしたのかは、閲覧数として知ることができる。配信するたびに「ファン」が増えていくのがわかると、ますます、やる気が出た。

自分にファンと呼ばれる存在ができるなんて、驚きだった。

ヴァイオリン教室では劣等生だったのに。

ファンになってくれたひとたちが、純粋に音楽を聴いてヴァイオリンの腕を評価しているというよりも、見た目がかわいいアイドルを応援するような気持ちなのだろうということはわかっていた。

それでも、自分を認めてくれるひとがいるというのは、うれしいものだ。

〈今日の衣装も、似合ってる～〉

〈いいもん聴かせてもらいました〉

〈元気をもらえたよ☆〉

〈おつでした～〉

〈また、やってね～〉

〈今度も楽しみにしてるよ～〉

そして、ある日、コメントにこんな一言が書きこまれた。

〈モモッチより、うまいよね～〉

すると、ほかのひとたちもつづけた。

〈俺もｋｉｋｕちゃん派！〉

〈モモッチのファンだったけど、ｋｉｋｕ推しになったよ～〉

〈実力ではｋｉｋｕちゃんが上なのに、モモッチがランキング高いって納得でき

ない〉

興味を持ったひとが見つけやすいように、動画はその内容によってカテゴライズされる。

キクコは「演奏系ネットアイドル」というジャンルで、ランキング入りしていた。

〈俺らの力で、ｋｉｋｕちゃんを一位にしようぜ！〉

〈みんな、宣伝がんばること！〉

自分を応援してくれるひとたちが、サポーターとなって、盛りあげてくれる。それはとても心強いことだった。

〈モモッチの人気は、セーラー服だからだろ〉

〈それじゃ、ｋｉｋｕちゃんも制服で演奏したら、最強じゃやね？〉

〈見た～い。制服姿のｋｉｋｕちゃん、絶対に見たい～〉

そんな意見が出てきたので、キクコは少し悩んだ。

制服を着ていたら、どこの高校に通っているのか、ばれてしまう可能性が高い。

けれども、みんなの言うように、制服を着て演奏したら、もっと人気があがるだろう……。

アルバイトの最中、キクコはふと思った。

たとえば、もし、コンビニエンスストアの制服を着て、カウンターのなかで、ヴァイオリンを演奏すれば、きっと、その動画は話題になるはずだ。

そこまで考えて、はっと思い出す。

コンビニエンスストアのなかで悪ふざけをして、その写真をＳＮＳに投稿して大問題になったアルバイト店員のことを……。

店長から話を聞いたときには、そんなことをするなんてバカみたいだと思っていた。

けれど、いま、自分も似たようなことを考えた。

人気のために。

少しでも閲覧数を増やしたくて……。

もちろん、アルバイト先の制服は借りているものなんだから、勝手に使っちゃいけないことはわかっている。

ちょっと、考えてみただけ……。

けれども、高校の制服なら、問題はないだろう。

高校の制服は、自分のものだ。だれに迷惑をかけるわけでもない。

制服を着た動画をアップしている子はいっぱいいるのだし、べつにいいよね？

5

ファンになったひとたちとは、SNSでつながっている。

つまり、SNSでつながっているひとの数を見ると、自分の人気が一目でわかるということだ。

キクコは空き時間があると、つい、SNSや動画共有サイトをチェックしてしまう。

ファンの多さ。動画の閲覧数。ただの数字だけれども、それがキクコにとっては大きな意味を持つ。

自分がどれだけのひとに注目されているのかが数字として目に見えるから、やりがいがある一方で、ストレスも感じる。

モモッチの人気よりも、自分のほうが少ない。いまは、まだ……。

けれども、自分の人気は、どんどん上がってきている。

あと一息だ。もう少しで、モモッチを抜くことができるだろう。

そのためには、やるしかない。

ファンからのリクエストどおり、キクコは高校の制服を着て、ヴァイオリンを演奏してみた。

その動画は話題を呼び、ついにランキングで一位になることができた。

キクコが一位になったことで、ファンたちは大よろこびした。

いつもは撮影した動画を投稿サイトにアップしているが、今日はライブ配信することにした。ライブ配信なら、よりダイレクトに、リアルタイムでファンと交流することができる。

SNSで呼びかけて、配信をはじめた途端、コメントの嵐が吹き荒れた。

〈kikuちゃん、おめでと～！〉

〈この日を待っていたよ～〉

〈ニワカがえらそうにするな。俺は初期からkikuちゃん一筋！〉

〈ずっと応援してたから、本当にうれしい！〉

自分のことのようによろこんでくれるコメントに、キクコは胸が熱くなる。

〈応援ありがとうございます！　みなさんのおかげです！〉

固定したスマートフォンのカメラにむかって、キクコは話しかける。

このちいさなレンズのむこうに、会ったことのないたくさんのファンたちがいるのだ。

〈お礼に、今日は生中継で、演奏します。ミスっちゃうところもあるかもしれま

せんが、あたたかく見守ってください〉

キクコはたくさんのファンたちを意識しながら、心をこめてヴァイオリンを奏でた。

うまくなるために必死で練習していたときとはちがう。

失敗しないように緊張しながらコンクールで弾くときともちがう。

ただ、自分の音色を楽しんでくれるひとがいるから、聴いてもらうために自由にのびのびとヴァイオリンを歌わせる。

こんな気持ちで演奏ができたのは、はじめてだった。


だが、キクコがランキングの一位でいられたのは、ほんの数時間だけのことだった。

それまで演奏系ネットアイドル界で絶対的な人気を誇っていたモモッチの行動は早かった。

新しく投稿されたモモッチの動画には〈水着で弾いてみたよ♪〉と書かれていた。

そして、そのタイトルが示すように、動画のなかでは、きわどいビキニすがたのモモッチが、ヴァイオリンを弾きながら、身をくねらせていたのだった。

あきらかに、キクコの存在を意識してのパフォーマンスだろう。

モモッチの動画につけられたコメントには、こんなものがあった。

〈やっぱり、モモッチ最高！　もう浮気はしないぜ！〉

そうコメントを書きこんでいたのは、キクコのファンを名乗っていた人物だった。

負けた……。

ここまでやるなんて……。

スマートフォンを片手に持ち、動画を見ながら、キクコは打ちのめされた気持ちでいた。

6

一瞬だけランキングの一位になったのに、すぐに抜かれたこと。

ファンを奪われたこと……。

悔しくて、ショックでたまらなかった。

そして、気づいた。

もう一度、勝つ方法。

人気を取るためには、もっと、ファンがよろこぶようなことをすればいい。

でも……。

キクコには、ためらう気持ちもあった。

心のなかで、べつの自分が問いかけてくる。

自分も水着になる？　そうしたら、きっと、次も相手はそれより話題になることを考えてくるだろう。

人気のために、受けるために、もっともっと、エスカレートしていくんじゃないの？

ずぶずぶと底なし沼に、はまっていくように……。

軽い気持ちではじめてみたら、ほんの短い期間で、あっというまにファンが増えて、こんなことになっていた。

どうすればいいのか、本当はどうしたいのか。

キクコは自分でもよくわからなくなってしまった。


だれにもなにも相談できないまま、キクコは変わらない毎日を過ごす。

そして、日曜日。

アルバイトが終わって、こんもりとした山を見あげた瞬間、キクコはふと思った。

そうだ、山に行こう。

動画を投稿することに夢中になって、すっかり忘れていたが、いつか登ってみようと思っていたのだ。

早朝シフトだったので、まだ時間はたっぷりある。

コンビニエンスストアを出ると、駅のほうではなく、反対側の道へと歩きだす。

ハイキングコースといっても、アスファルトで舗装されている道なので、普段着でふらりと散歩をしているようなひとも多い。

よく晴れて、青い空がまぶしいほどだ。

澄んだ空気を胸いっぱいに吸いこみながら、キクコは大きく両手を振って、坂道を進んでいく。

しばらく行くと、小学生くらいの男の子が立ち止まり、木の上のほうを指さしていた。

「父さん、あれ、ウグイスじゃない？」

そばにいた父親が、双眼鏡をのぞいて答える。

「うーん、いや、メジロだな」

父親から双眼鏡を渡され、息子ものぞきこむ。

「きれいな緑色！　あ、逃げちゃった」

「また探せばいいさ。ほら、なにか鳴き声が聞こえるぞ。コゲラかな？」

仲のよさそうな親子連れを見かけると、キクコはほのぼのとした気持ちになりつつも、胸の奥がちくりと痛む。

自分は、両親とこんなふうに楽しげに会話をした記憶なんて、ほとんどない……。

「こんにちは！」

通りすぎようとすると、親子はこちらを見て、あいさつをした。

「こんにちは！」

キクコもあわてて、あいさつを返す。

歩きながら、キクコは考える。

もし……。

両親が、音楽の才能なんてなくてもいいよ、と言ってくれたら。

ありのままの自分を、受け入れてくれていたら……。

ほかのだれかに認められなくても、平気なのだろうか。

こんなにも「人気者になりたい」という欲求に、とらわれることはなかったのだろうか……。

ひたすら歩いて、山道を進んでいく。

一歩一歩、前へ、上へ。

体を動かしていると、これまで自分を縛っていたものが、ほどけていくような感じだった。

結局、進むためには、自分の足で動くしかないんだ。

山を登っていくほどに、インターネットの世界から、どんどん心が離れていく。

ファンとのつながりが増えて、たくさんのひとに認められるのは、気分がよかった。
ほめられると、だれだって、うれしいものだ。
他人からの称賛を、必死になって求めていた。
けれど……。
からっぽ。
本当は、なにもこの手につかんでいない。
いくら、ネットでちやほやされても、むなしいだけ……。
そう気づいたとき、淋《さみ》しさよりも、すがすがしい気持ちが、キクコの胸には広がった。
もう、いいや。
キクコはすっきりした気分でスマートフォンを取りだすと、メッセージを打ちこんだ。
〈kikuはネットを卒業します。みなさん、これまでありがとうございました！〉
もったいない、という気持ちもある。
せっかく、たくさんのつながりができたのに。
でも、気軽にはじめたのだから、気軽にやめてしまおう。

ボタンを押して、最後のメッセージを送信する。
そして、ＳＮＳのアカウントを消去した。
顔をあげると、抜けるような青空が広がっていた。
いつもより、空が近い。
手を伸ばせば、雲に届きそうだ。
キクコは前を見て、ふたたび山道を歩きはじめた。

第五話　虎太郎

1

萩原虎太郎《はぎわらこたろう》は、小学五年生だ。

第一日曜日には、父親といっしょに、どこかに出かけることが多い。

先月は、山登りをした。バードウオッチングでは、たくさんの鳥を見つけることができた。

今日は、緑地公園に来ている。

まずはフィールドアスレチックで遊びまくる。丸太の壁をよじのぼったり、さまざまな高さの切り株を渡ったり、筒状の網をくぐり抜けたり、滑車のついたロープにしがみついてすべり降りたり……。

それから、五十メートル走の練習だ。

「よーい、スタート！」

父親がストップウォッチを片手に、号令をかける。

虎太郎は全力で地面を蹴《け》り、まっすぐに駆けていく。

「九秒七。すごい！　速くなっているじゃないか」

父親は感激した声をあげたが、虎太郎は顔をしかめる。

「ちぇっ、八秒台にいけたと思ったのに」

「今度は、腕の振りをもっと大きくしてみたらどうだ？」

「うん、もう一回！」

虎太郎はへとへとになるまで、走りつづけた。


昼食は、バーベキューだ。

父親は車から食材の入ったクーラーボックスを持ってきた。

公園にはバーベキューコーナーがあって、コンロは備えつけられており、木炭も準備されている。

「よし、じゃ、火をおこしていくぞ」

つい半年ほど前までは、虎太郎は父親と休みの日にふたりきりで出かけることなんてほとんどなかった。

仕事で疲れている父親は「休みの日にはリフレッシュがしたい」と言って、家族と過ごすよりも、趣味に没頭することを望んだ。

中学高校と野球に打ちこんでいたらしく、社会人になってからも地元の草野球チームに入っており、日曜日には練習や飲み会などで家を留守にすることが多かった。そのほかにも、ランニング、競馬、釣り、スノーボードなど、とにかく趣味の多い父親なのだ。

「虎太郎は新聞紙を用意してくれ」

古新聞をねじって、細長くすると、虎太郎は父親に渡す。

「こんな感じ？」

「ばっちりだ」

新聞紙と木炭を煙突のように組み立てると、父親はマッチを取りだして、虎太郎に渡した。

「やってみるか？」

「うん！　このざらざらしてるところで、こすればいいんだよね？」

マッチを一本つまむと、マッチ箱の側面にこすりつける。最初はうまくいかなかったが、何度か試していると、いきなり、火がついた。

「うわ、あちっ！」

「横にむけて持つんだ。火を下にするとやけどするぞ」

虎太郎が火のついたマッチを新聞紙のまんなかに落とすと、じりじりと燃え広がっていく。やがて、木炭も赤く燃えだした。

「肉！　肉！　肉っと！　ほうら、焼けてきたぞ」

網の上では、肉に焦げ目がつき、脂がはぜて、じゅうじゅうと音を立てている。父親はトングで焼けた肉をつかんで、虎太郎の紙皿に入れる。

かみしめると、肉汁が口いっぱいに広がった。

「うめーっ！」

感激している虎太郎を見て、父親は満足げにうなずくと、自分も肉を取って、どんどん食べる。

「うん、ネギも甘くて、うまいな。虎太郎、ピーマンも食べろよ」

「わかってるってば」

バーベキューコーナーには、ほかにも家族連れがいた。

となりのコンロから、女の子の声が聞こえてくる。

「お母さーん、おにぎり、ちょうだーい」

そして、父親らしきひとの声もつづく。

「こっちにも、ひとつ」

「はい、どうぞ。いっぱい作ったから、たくさん食べてね」

母親らしきひとがそう言って、娘と夫におにぎりを手渡している。

虎太郎はぼんやりと、そのすがたを見つめていた。

両親と子ども。三人家族の風景……。

虎太郎の両親は、半年前に離婚した。

ふだんは母親といっしょに暮らしている。

虎太郎が父親と過ごせるのは、月に一度だけなのだ。

2

平日、小学校が終わって家に帰ると、虎太郎はひとりでおやつを食べる。

離婚してから、母親は仕事をはじめたので、家にはだれもいない。

おやつを食べ終わると、虎太郎はスマートフォンで、母親にメッセージを送った。

〈クッキーたべた。塾いく〉

毎日、無事に帰宅したことを知らせるため、母親にメッセージを送る約束になっている。

母親は虎太郎にスマートフォンを持たせることをしぶっていた。

だが、離婚することが決まったとき、父親が代金を払うということで、スマートフォンを買ってもらったのだった。

スマートフォンには、父親の電話番号やメールアドレスが登録されている。話がしたいときには、いつだって、これでつながることができる。

虎太郎はスマートフォンの画面を指先でタッチして、ネットゲームのアプリを起動させた。

ネットゲームも、父親の数多き趣味のひとつだ。

父親は食事中もスマートフォンを手から離さずにネットゲームをしており、母親はよく腹を立てていたものだった。

だから、虎太郎は母親の前では、あまりネットゲームをしないように心がけていた。

母親がいないときには、虎太郎は父親とネットゲームの世界で「仲間」となって、モンスターを倒したり、アイテムを手に入れたりしている。

実際には月に一度しか会えないけれども、おなじネットゲームをしていると、父親のことを身近に感じられた。

父親から鳥の名前を教えてもらうことも、モンスターの弱点を教えてもらうことも、虎太郎にとってはおなじくらいうれしいことだった。

画面を見ると、父親からこんなメッセージが届いていた。

〈回復薬、大量にゲットしたから、自由に使っていいぞ～〉

虎太郎は装備をととのえて、父親のキャラクターといっしょに、クエストに挑む。

プレイヤーがいなくても、仲間になっていれば、そのキャラクターを連れて、ゲームを遊ぶことができるのだ。父親のキャラクターはレベルが高くて、便利なアイテムもいろいろと持っている。

虎太郎は自分の名前にちなんで、トラの顔を持つ獣人のキャラクターを使っていた。

虎太郎がゲームをしていないあいだにも、父親が「タイガー」を連れてクエストをして、レベルをあげておいてくれたようだ。

クエストでは、モンスターを倒して、クリアするまでのタイムを競う。

「また、Aか……。なかなか、Sランクまでいけないなー」

ひとりごとをつぶやいて、虎太郎はスマートフォンをしまった。

ゲームをやるのは、せいぜい、五分くらいのこと。

無料でクエストができるのは、一日に一回だけだ。

お金をかければ、強いアイテムが手に入ったり、クエストの回数が増えたりするらしいが、無料ではそんなに遊ぶことはできない。

虎太郎のスマートフォンには、あらかじめ父親がしっかりとセキュリティをかけていた。あやしいサイトにはつながらないようになっており、利用時間も制限されている。

そのことに対して、虎太郎は特に不満を感じたりはしなかった。

ひとりでゲームで遊んでいてもすぐに飽きてしまうし、面倒くさい作業も多くて、ずっとやりたいとは思わないのだった。

塾に行く用意をしていたら、玄関のチャイムが鳴った。

インターフォンの画面を見てみると、マンションのとなりの部屋に住んでいる三橋《みはし》ゆきが立っていた。

ゆきとは幼稚園のころからのつきあいで、いまもおなじクラスだ。

「なに？」

ドアを開けると、ゆきはラップをかぶせた皿をさしだした。

「ママがアップルパイを焼いたから、虎太郎くんにもおすそわけに」

「……ありがと」

おいしそうなアップルパイに、虎太郎は内心ではとてもテンションがあがっていたのだが、あえて無愛想に礼を言う。

昔はいっしょに遊ぶこともあったが、最近では女子であるゆきと親しくするのは、妙に照れくさい。

両親が離婚して、母子家庭になった虎太郎のことを、ゆきの母親はなにかと気にかけてくれていた。

いつでも頼ってくれていいのよ。お母さんがお仕事に行っているあいだに、なにか困ったことがあったら、なんでもおばちゃんに相談してね……。

ゆきの母親はとてもいいひとなのだと思うが、なぜか、優しくされるたびに、虎太郎は胸の奥がざらざらとするのだった。

3

アップルパイをぺろりとたいらげ、塾に行くと、親友の大西翼《おおにしつばさ》が話しかけてきた。

「虎太郎！　見てくれよ！　じゃーん」

翼の手には、真新しいスマートフォンがあった。

「おっ、翼も買ってもらったのか」

「うん、虎太郎もスマートフォンを使いはじめたし、クラスでも塾でも仲良しグループで持ってないのはぼくだけで、このままじゃ仲間はずれにされていじめられるかもって言ったら、すぐに買ってもらえたんだ」

「そんなんで、いじめたりするかよー」

「まあな。でも、そう言ったほうが確実だったから。さっそく、ゲームもダウンロードしたんだ。まだ、レベルは低いんだけど」

「じゃ、さっそくクエストしようぜ」

虎太郎と翼は、同時接続をして、協力プレイを行うことにした。

それぞれが自分のキャラクターを動かして、弓矢で攻撃をしたり、魔法を使ったりして、モンスターを倒す。

「虎太郎のキャラ、めっちゃレベル高いじゃん。すげー」

「あ、こいつ、火系のモンスターだから、水系の魔法が効くぞ」

「よっしゃ！　やったー」

モンスターを倒したあとには、アイテムを作るための材料が出てくる。

「全部、翼が使っていいぜ。おれ、ブルードラゴンの牙《きば》も持ってるから、やるよ。これで、新しい鎧《よろい》が作れるだろ」

「いいのか？　サンキュー」

ゲームの画面を見ながら盛りあがっていたら、すぐ近くから、ひややかな声が聞こえた。

「塾ではゲーム禁止でしょ？」

顔をあげると、ゆきが立っていた。

「うるせーな。関係ないだろ」

「関係なくないもの。あんたたちがゲームしてるせいで、スマートフォン禁止とかになったら、こっちだって迷惑するんだから」

「なんだよ、それ、意味わかんねー」

「意味がわからないのはそっちでしょ。ゲームに夢中になるとか、ばっかみたい。いくらゲームでレベル高くても、現実じゃなんにも意味ないのに」

ゆきはきつい口調で言って、虎太郎をにらみつける。

虎太郎と翼は顔を見合わせて、軽く肩をすくめた。

「いいだろ、おもしろいんだから」

「ほっといてくれよ」

「ネットのゲームなんかやってると、何十万円もお金を払わなきゃいけなくて、あとで困ることになるんだからね！」

「そんなもん、課金しなきゃ、だいじょうぶなんだよ！　なんも知らねーくせに、えらそうに言ってんじゃねえよ」

虎太郎が言うと、ゆきはくちびるをかんで、うつむいた。

文句を言われたから、言い返しただけなのに、なんだか悪いことをしたようで、虎太郎は苦い気持ちになった。

「虎太郎は、一度も有料アイテムって使ったことないのか？」

塾からの帰り道、翼が話しかけてきた。

「うん、父さんとの約束だし。っていうか、そもそも、課金できない設定になってる」

「それじゃ、ぼくがショップで買い物したアイテム、あげようか？」

「え？　いいよ」

「でも、さっき、クエストのアイテム、もらったし。ぼくのスマートフォンはべつに設定とかないから、自由に買い物できるんだ」

「マジで？　だめだろ、それ。あとで請求きて、親にばれて、めっちゃ怒られるぞ」

「そうかなあ」

「うん、やめとけって。あ、そうだ。父さんにも、翼がゲームはじめたって送っとく。今度三人プレイしようぜ」

スマートフォンを取りだすと、虎太郎はさっそく父親にメッセージを書いた。

「虎太郎のお父さんって、見た目もかっこいいし、ゲームでいっしょに遊んでくれるし、いいよな」

「でも、母ちゃんとは離婚したけどな」

「なんで離婚することになったんだ？」

「さあ。くわしくは教えてくれなかった」

「大人の事情ってやつ？」

「たぶん。ま、人生、そういうこともあるだろ」

そう言って、虎太郎は夜空の月を見あげた。

4

家に帰ると、母親がキッチンに立って、夕食の準備をしていた。

ダイニングテーブルに置きっぱなしになっていた皿を指さして、母親が虎太郎にたずねる。

「このお皿、なに？」

「ゆきのおばちゃんがアップルパイくれた」

「なにそれ！　いつ？」

「今日の夕方」

「なんで、メッセージくれなかったの？」

「忘れてた」

「そういうことは、すぐに連絡しなさいよ！　なんのためのスマホなのよ！」

いきなり怒りだした母親に、虎太郎はわけがわからない気持ちになる。

「三橋さんとさっき、エレベーターでいっしょだったのよ。ちゃんと知らせてくれていたら、お礼を伝えることができたのに。なんにも知らない顔で、世間話なんかしてたじゃないの、もうっ」

どうやら、虎太郎が連絡をしなかったせいで、ゆきの母親にお礼を言いそびれたことに、腹を立てているようだ。

「ごめん……」

どうしてそれがそんなに大問題なのか、虎太郎には理解できなかったが、とりあえず謝っておく。

「このあいだおじいちゃんのところでもらったハムがあるから、お皿を返すついでに、これもおとなりに持っていって」

母親は冷蔵庫から真空パックに入ったハムのかたまりを取りだすと、虎太郎に押しつけた。

虎太郎はそれらを持って、となりの玄関へとむかう。

インターフォンを鳴らすと、ゆきの母親が出てきた。

「アップルパイ、ごちそうさまでした。あと、これ……」

「あら、余計に気をつかわせちゃったかしら。いいのよ、お返しなんて気にしないでってお母さんにも伝えてね。パイ、おいしかった?」

「めっちゃおいしかったです!」

「よかったわ。せっかくお菓子を作っても、ゆきは太りたくないとか言って、あんまり食べてくれないのよ。だから、虎太郎くん、また食べるの手伝ってね」

「はい」

「あ、そうだ。ちょっと待って」

ゆきの母親は、廊下の奥に引っこむと、透明の密封容器を手にして戻ってきた。

「ポテトサラダ、作りすぎたの。よかったら、持って帰って」

「ありがとうございます」

ポテトサラダは、虎太郎の大好物だ。

だが、これを持って帰ったら、また母親の機嫌が悪くなるような気がした。

家に戻って、母親にポテトサラダを渡す。

思ったとおり、母親はそれを見て、顔をしかめた。

「なんで、また、もらってくるのよー」

ため息をついたあと、母親はあきらめたように、そのポテトサラダを皿に盛りつけた。

「まったく、キリがないじゃないの。白やぎさんと黒やぎさんのお手紙じゃないんだから。はあ、しかたないから、食べましょ。虎太郎、お箸《はし》を用意して」

ダイニングテーブルに母親と自分の分の箸を並べながら、虎太郎はたずねた。

「なんで困るの？　おれ、食べ物もらったら、うれしいけど」

「あのね、世のなかには、タダより高いものはないっていう言葉もあるのよ」

「どういうこと？」

「無料につられると、痛いめにあうってこと。借りを作れば、返さなきゃいけないでしょ。一方的にもらってばっかりというわけにもいかないの」

「変なの。ゆきのおばちゃんが、あまってるから食べてくれって言ってるんだから、気にしないでもらったらいいのに」

「大人の世界は、そうはいかないのよ」

ゆきの母親が作るポテトサラダには、薄切りのりんごが入っていた。おかずであるサラダに果物が使われていることに驚いたが、ほどよい甘さと酸味がマヨネーズによく合っていた。

母親の理屈には納得できないまま、虎太郎はポテトサラダをぱくぱくと食べたのだった。

5

塾に早めに行って、授業がはじまる前に翼とネットゲームをするのが、最近の虎太郎の楽しみだ。

翼のキャラクター「ウイング」は、その名前にふさわしく飛行能力を身につけて、虎太郎の「タイガー」が攻撃するのをうまく助けてくれるようになっていた。

翼と遊ぶようになって、虎太郎はあまり父親とゲームをしたいと思わなくなった。父親と遊ぶよりも、友達といっしょのほうが、楽しい。クエストに失敗することもあるのだが、ハラハラドキドキワクワクを強く感じた。

父親のほうがゲームはうまいし、キャラクターのレベルも高いから、難しいクエストをクリアすることができる。それに、モンスターやアイテムについてもくわしくて、いろんな方法を教えてくれる。

でも、それが逆に、ちょっと、うっとうしいところがあった。

父親に助けられていると、全部、自分の力でクリアしていないような気持ちになるのだ。

でも、翼と「仲間」になっているときには、本物の仲間という気がした。

「今日は、沼地のクエスト、やろうぜ」

翼の声に、虎太郎もうなずく。

「おうよ、毒対策は万全にな」

塾の机でとなりあって座り、ふたりはおたがいのスマートフォンの画面をながめる。

「虎太郎、これ使って」

ネットゲームのなかで、虎太郎のキャラクターは新しい首飾りをプレゼントされた。

「うわ、これ、レアじゃね？　いいのか？」

魔法石のついた首飾りは、めったに手に入れることができない貴重なアイテムだ。

この首飾りがあれば、気候をあやつるモンスターの雷攻撃や竜巻攻撃から身を守ることができる。

「うん、いいから」

「よく、こんなの見つけたなー。どこで手に入れたんだ？」

「くじで当てたんだ」

さりげない口調で言った翼に、虎太郎は驚く。

「えっ？　課金したのか？」

「うん、でも、べつに親に隠れてやったわけじゃないよ。ちゃんと、許可をもらって、有料のくじを引いたんだ。テストでいい点とったら、くじを引いてもいいってことになって」

「そうなのか」

「ぼくだって、親にだまって課金したらだめなことくらい、わかってるよ。もともと、テストで百点とったら、おこづかい百円とかもらってたし。そのかわりに、ゲームのくじを引かせてもらったんだ」

翼の家は、お金持ちだと聞いたことがあった。おもちゃや漫画も好きなだけ買ってもらえるし、お年玉の額を知ったときにはかなり多くてびっくりした。

そんな親なら、ネットゲームに課金することも許してくれるのかもしれない。

「なるほどな。まあ、親がいいって言うんだったら……」

「これ、レアアイテムなのに、七回目に出たんだよ。ラッキーだったな」

七回も、くじを引いたのか……。

一回三百円のくじを七回なら、合計で二千百円も使ったということだ。

暗算してみて、虎太郎はその金額にひるむ。

「いや、それって……。やっぱ、もらうの、まずくないか？」

母親の言っていた「タダより高いものはない」という言葉が頭に浮かぶ。

「いいんだって！　虎太郎をよろこばせようと思って、せっかく、獣人用のレアアイテムゲットしたんだからさ」

「でも……」

「ぼく、いつも、タイガーに助けてもらってばっかりだろ。だからさ、なんか、お返しがしたくて」

そこまで言われると、アイテムを突き返すのも悪いような気がして、虎太郎はその首飾りを使うことにしたのだった。

6

次の月の第一日曜日。

一ヵ月ぶりに虎太郎は父親と会った。

今日は競技場で五十メートル走の練習をしたあと、カレーを食べに行って、サッカー観戦の予定だ。

父親はストップウオッチを片手に持ち、もうひとつの手を上にあげた。

「よーい、スタート！」

号令と同時に、虎太郎は走りだす。

大きく腕を振る。ももを高くあげる。かかとから着地して、つま先で地面を蹴《け》る。

これまで父親からもらったアドバイスを意識して、跳ねるように駆けていく。

「おっ、ついに八秒台だ！　やったな！」

父親の言葉に、虎太郎は大きくガッツポーズを作った。

「よっしゃあ！」

自己ベストを更新したことで、虎太郎は上機嫌のまま、インド料理店にむかった。

ナンをちぎって、マトンカレーをつけていると、父親が口を開いた。

「そういえば、このあいだゲームで気になったんだが、あの魔法石の首飾り、どうしたんだ？」

「翼にもらったんだ」

「そうか、友達にもらったのか……。いや、あのアイテムって、クエストでは出ない種類だから、どこで手に入れたのか気になってな」

「ちゃんと親に許可もらって、くじをやったんだって言ってたけど」

「うーん、でもなあ。子ども同士での貸し借りってのは……。いや、まあ、大人でも、お金がからむ問題ってのは、難しいものだが」

父親はそう言うと、タンドリーチキンにかじりつく。

「おれも、あれ、もらうのはどうかなあ……って気持ちがしてた」

翼がネットゲームで課金していることに対して、虎太郎の胸にはすっきりしない感覚があった。お金がもったいない、という理由だけではなく、なにかひっかかっていたのだ。

「翼のところはテストで百点とったら、百円もらえるんだって」

「父さんの家も、子どものころに、そういうシステムだったことがあったな。それで、とてもかっこ悪い行いをしてしまったことがある」

「どういうこと？」

「どうしても百点とりたくて、となりの子の答えを見たんだ」

ふっとはずかしそうに笑うと、父親は言葉をつづけた。

「カンニングだよ」

虎太郎は驚きに目をまるくして、父親を見る。

「カンニングをしたことはバレなかったけれど、結局、気づいたんだ。ズルして、百点とっても意味ないって」

その話を聞いて、虎太郎はもやもやとした白い霧が晴れたような気持ちになった。

翌日、虎太郎は塾に行くと、いつものように翼とネットゲームをはじめた。

「やっぱり、これ、返す」

虎太郎のキャラクターは、首飾りをはずした。

「いいって。あげたんだから」

「おれ、翼が課金やってるって聞いて、いやな気持ちになった」

「なんで？　悪いことやってるわけじゃないだろ」

「課金すれば、簡単にレベルあがったり、レアアイテムとかも手に入ったりするだろ。でも、それって、ズルみたいなものじゃん」

昨日、父親との会話で、虎太郎は自分がどういうことにひっかかっているのか、ようやく気づいたのだ。

「おれ、ゲームをするときに攻略法を見ない派だし、レベルあげとかもしないで、いきなりダンジョンに入っていきたい派なんだよ」

前にできなかったことが、できるようになること。

自分が上達して、クリアまでのタイムが縮まること。

虎太郎がおもしろいと思うのは、そういうときだった。

「だから、このゲームでも、課金とかズルみたいで、いやな気持ちになったんだと思う。親が許してくれるとか、そういうの関係なく。お金でアイテムとか経験値とか買って、強くなっても、つまんないから」

虎太郎が言い切ると、翼は納得したようだった。

「そっか、それはあるなー。たしかに。虎太郎の言いたいこと、わかる気がする」

「そんじゃ、遊ぼうぜ！　今日はどこ行く？」

虎太郎と翼は、スマートフォンの画面をのぞきこむ。
ゲームのなかで、ふたりのキャラクターたちは走りだした。

第六話　ゆき

1

三橋ゆきの成長は、生まれたときからいまにいたるまで、インターネット上で見ることができる。

「はい、ゆきちゃん。笑って！」

スマートフォンを持った母親に命じられ、ゆきは焼きあがったクッキーを片手に、作り笑いを浮かべた。

クマの顔のかたちに型抜きされたクッキー。ゆきがチョコペンで描いた目や口は、ふぞろいながらも、かえって表情豊かで、愛嬌《あいきょう》があった。

小学生の娘とクッキー作りをする幸せそうな休日のひとこま。

母親はスマートフォンを操作して、撮ったばかりの写真をインターネット上にアップする。日常のありとあらゆることを、インターネット上に記録として残していくのが、母親の生きがいなのだ。

母親が公開している自己紹介には、こんな文章が書かれていた。

〈ユキちゃんママ。不妊治療をつづけて、ついに念願のベビィちゃんを授かりました☆　ひとり娘と、パパの三人暮らし。趣味、お菓子作り。大切なもの、家族です♪〉

空を飛ぶコウノトリが赤ちゃんを運んでいるイラストの下には、母親の日記が写真入りでつづられている。生まれてからどころか、ゆきが生まれてくる前のことも、インターネットを見れば、知ることができた。

ゆきはインターネット上にある母親の日記を読んだので、自分が生まれてくる前に、どれほど母親が悩み苦しんで、つらい日々を過ごしていたのか、知っている。

自分が生まれたときに、母親が感じたうれしさ。娘の成長を見守るよろこび……。

それらはすべて、インターネット上で、だれにでも見られるようになっていた。

母親は撮った写真をプリントアウトすることは、ほとんどない。

スマートフォンで撮った写真のデータは、インターネット上に保存しているらしい。

ゆきは以前、それは「クラウド」と呼ばれているのだと教えてもらった。

空に浮かぶ雲のようなもの。

クラウドにデータを置いておけば、スマートフォンからでも、パソコンからでも、いつでも、どこからでも、だれでも、それを利用することができる。

地上のいろんな場所から、空を見あげて、ひとつの雲をながめるのとおなじ。

そんなふうに、ゆきは理解していた。

遠くに住んでいる祖父母もパソコンの使い方を覚えて、ゆきの写真がアップされるのをなによりも楽しみにしていた。

自分の日常を切り取った写真が、次の瞬間には、祖父母やめったに会わない親戚《しんせき》、母親の昔からの友人たち、ゆきの同級生のママたち、それからインターネットでつながっているだけの見知らぬ相手など、たくさんのひとびとに見られるのかと思うと、ゆきは少しゆううつな気持ちになる。

まるで、黒い雲に頭の上をおおわれているような気分。

いつでも、インターネットでつながっている。

そのせいで、ふたりでいても、母親はいつもインターネットのむこう側にいるだれかを気にしているような感じだった。

2

「ねえねえ、ゆきちゃん。誕生日のプレゼント、なにがいいか思いついた？」

クッキーをかじっていると、母親は質問をしてきた。

「うーん、べつに……」

もうすぐ誕生日なのだが、ゆきには特に欲しいものがなかった。

必要なものは、だいたい、すでにそろっている。これが手に入れば人生がもっとすばらしくなるだろう、というものが思い浮かばないのだ。

幼いころからあふれんばかりのものに囲まれ、何不自由なく育ってきたので、物欲というものが弱いのかもしれない。

「おもちゃでも、洋服でも、なんでも好きなものをリクエストしてくれていいからね」

「欲しいおもちゃとかないし。洋服も、このあいだ買ってもらったのがあるから」

「じゃあ、プレゼントはママにおまかせでいい？」

「うん。いいよ」

母親はスマートフォンを片手に、さっそく、インターネットで検索をはじめた。

「小学生の女の子におすすめのプレゼントとしては、本、文具やアクセサリー、それから習い事に関するもの……」

顔はスマートフォンにむけたまま、母親は読みあげていく。

「誕生日プレゼントにハムスターだって。生き物をプレゼントするのは非常識よねえ」

「うちのクラスにも、クリスマスプレゼントに犬をもらったっていう子がいたよ」

「本当に？ ペットは家族なんだから、プレゼントっていうのは、なんかまちがっているわよね。でも、いまどきは犬とか猫だって、ネット通販で買うことができたりするのよ。信じられない時代よね」

そんな会話をしながら、母親はずっとスマートフォンの画面を見つめている。

「あ、これ、いいかも」

母親がつぶやいたので、ゆきも画面をのぞきこもうとした。

「どれ？」

すると、母親はさっと手を引っこめて、スマートフォンを自分の背中に隠した。

「ひみつ。サプライズがなくなっちゃうでしょ。当日のお楽しみ」

ゆき自身は、それほど誕生日を待ち遠しいとは思っていない。

本人よりも、母親のほうが、ゆきの誕生日を楽しみにしているようだ。

「誕生日には、お友達を呼ばなくていいの？」

母親の言葉に、ゆきはうなずく。

「うん。みんな、パーティーとかしないし」

「そう。つまんないわね」

「べつにいいよ」

「ゆきちゃんって、ほんと、クールな子よね。ママが子どものときなんて、誕生日パーティーが楽しみで楽しみで、わくわくして眠れないほどだったのに」

目を輝かせて、母親は言った。

「どんなごちそうを作ってもらおうとか、だれを呼ぼうとか、部屋の飾りつけはどうしようとか。せっかく誕生日なんだから、盛大にお祝いをしたいじゃない？」

ゆきはもうひとつ、クッキーをかじる。

食べても食べても、まだ大量のクマさんクッキーが並んでいるのを見て、げんなりした気分になる。もう、お腹いっぱい。クッキーなんて見たくもない。

「食べきれないわね。おとなりにも、持っていってあげたら？」

ゆきの返事を待たずに、母親はクッキーを透明の袋に入れると、愛らしいピンク色のリボンを結んだ。

「虎太郎くん、クッキー好きだもんね。きっと、よろこんでくれるわよ」

ゆきはむすっとした顔で、クッキーの袋を受け取った。


玄関を出て、となりのインターフォンを押す。

出てきたのは、虎太郎の母親だった。

「あら、ゆきちゃん。ごめんね、虎太郎、出かけてるのよ」

「そうなんですか。あの、これ、クッキー焼いたので……」

ゆきがクッキーの入った袋をさしだすと、虎太郎の母親は笑顔で受け取った。

「まあ、かわいい！　いつもありがとう。お母さんにもお礼を伝えておいてね」

帰ろうとしたゆきを、虎太郎の母親は呼び止める。

「あ、そうだ。ゆきちゃん、ちょっと待ってて」

虎太郎の母親は、キッチンのほうに行ってから、紙袋に入ったものを持ってきた。

「これ、おまんじゅうなんだけれど……。ゆきちゃんのところ、和菓子系ってお嫌いじゃなかったよね？」

「はい」

「よかった。せっかくいただいたのに、虎太郎はあんこが苦手だし、私も甘いものが好きじゃないから、困っていたのよ。ぜひ、持って帰って」

虎太郎の母親の言葉を聞いて、ゆきは少し驚いた。

「甘いものが、嫌いなんですか？」

「そうなの。根っからの辛党で。私が甘いもの嫌いだから、お菓子もめったに作らないのね。だから、虎太郎はゆきちゃんのところからお菓子のおすそわけをいただくと、すごくよろこんでいるのよ」

「辛いものが好きなんですか？」

「ああ、そうじゃなくて、辛党っていうのはね、お酒好きのこと。スイーツよりも、スルメでもあぶって日本酒を飲むほうが好きなのよ」

「甘いものが嫌いってめずらしいですよね。どうして、なんですか？」

「うーん、どうしてなのかしらね。子どものときからなのよ。ケーキとか、チョコレートとか、ちっとも欲しいと思わないのよね。変わった子だって、よく言われたけど」

さばさばした口調で、虎太郎の母親は話す。

「そうそう、ゆきちゃんのところのポテトサラダ、虎太郎はすっかり気に入ったみたいで、全部ひとりで食べたのよ。うちではああいうサラダは作らないから。かぼちゃの煮つけとかも、苦手なのよね」

ゆきの母親は、お菓子を作るのも食べるのも大好きで、甘いものさえあれば幸せになれると言っている。

けれども、世のなかには、甘いものが嫌いなひとがいるなんて、新鮮だった。

3

家に戻ると、母親はダイニングテーブルでノートパソコンを広げていた。

「おかえり〜。虎太郎くん、いた？」

「いなかった」

「あら、残念ね」

母親は、ゆきは虎太郎のことが好きなのだと思いこんでいる。

べつに、そんなふうに思っているわけじゃないのに。

虎太郎は、ただの幼なじみだ。

幼稚園のころはよくいっしょに遊んでいた。性別のちがいなんて意識することはなくて、虎太郎とおままごとをするのは楽しかった。けれども、小学校に入ってしばらくすると、虎太郎はケーキ屋さんごっこにつきあってくれなくなった。そして、気がつくと、虎太郎は男の子たちとゲームをするのに夢中になり、ゆきとはほとんど遊ばないようになっていた。

前は仲がよかったのに、最近はそっけなくされて、ちょっと腹が立つ。

でも、だからといって、好きだとか、そういうわけじゃない。

虎太郎なんて、口が悪いし、声が大きいし、かっこいいわけじゃないし、優しくもないし、全然、好きじゃないんだから。

そう思っているのだが、自分の気持ちを伝えることはない。

だから、母親は誤解をしたままだ。

「これ、虎太郎くんのママから」

ゆきはさっきもらった紙袋を母親に渡す。

「あら、ちゃんとお礼を言った？」

「うん。虎太郎くんのママ、甘いものが嫌いなんだって」

「えっ、そうだったの……。でも、虎太郎くんはお菓子、好きよね？」

「たぶん。よろこんでるって言ってたし」

「もともと甘いものが嫌いなら、ダイエットのためにがまんする必要がなくていいわねえ。でも、人間って、本能として、甘いものが好きなはずなのに」

紙袋を棚にしまうと、母親はまたパソコンの前に座り、そんなことをつぶやく。

母親はひまさえあれば、スマートフォンやパソコンで文章を読んだり、なにか書きこんだりしている。

どうして母親がそんなにインターネットに夢中になるのか、ゆきにはわからない。

ゆきもスマートフォンを持っているし、学校の授業では電子黒板とタブレット端末を使っていたりするけれど、特に用事がないときには見たいとは思わなかった。

インターネットのなにがそんなにおもしろいのだろう？

友達とは毎日のように学校で会って話ができるから、わざわざSNSでやりとりをしたり、メールを書いたりする必要はない。

ネットゲームもやってみたけれど、すぐに飽きてしまった。

インターネット上に自分の場所を持って、日記を書いたり写真を載せたりすることにも、まったく興味が持てなかった。

「ねえ、ママ。なに、見てるの？」

パソコンの画面を見つめたままの母親に、ゆきは問いかける。

「質問に答えてあげているのよ。人生、だれかに背中を押してほしいときっていうのがあるでしょう。ボランティアみたいなものよね。だれかの役に立つと、うれしいじゃない？」

そんなことを言いながら、母親はキーボードを叩《たた》いて、文章を打っていく。

母親がパソコンを使っているそばで、ゆきは宿題をする。

「そろそろ冷蔵庫も買い替えの時期だから、そっちも調べておかないと……」

なにか買うとき、母親は必ず、レビューを読んだり、購入者のブログを探したりして、インターネットでの評判を調べるようにしている。

冷蔵庫なんて、どれでもいいじゃん、とゆきは思ってしまう。

インターネットのむこう側にいる人間のことも、どうでもいい……。

それなのに、母親がずっと画面を見ているから、ゆきは少しだけおもしろくない気分になる。

4

ゆきはときどき、洞窟《どうくつ》のことを考える。

人類が誕生したばかりの時代。

インターネットなんてものがなかった世界。テレビもなかった時代、車もなかった時代、電気もなかった時代……。

家族だけで身を寄せ合って洞窟で暮らす生活。

自由に動けるのは、太陽が出ているときだけ。

木の実を集めたり、狩りをしたりして、毎日を過ごす。

甘く熟した果物や肉が手に入ったときは、どれほどうれしいことだろう。

ずっとずっとずうっと大昔の生活について考えていると、ゆきはなぜか、心が落ちつくのだった。

もし、本当にそんな環境で暮らさなければならなくなったら、あまりに過酷で、とても生きてはいかれないとは思うのだが……。

ゆきが知らない本物の夜の暗さ。

けれども、あるとき、だれかが、火を手に入れた。

人類にとって、最初の火。

そして、人類は火をあやつるようになり、さまざまなものを作りだした。

発明が、世界を変えていく。

羅針盤のおかげで広い海をどこまでも旅することができるようになり、活版印刷によって本をたくさん作ることができるようになったのだと、ゆきは教わったことがあった。

気が遠くなりそうなほどの年月をかけて、人類は進歩してきた。

いまという時代に生まれたことが、幸せなのかどうか、ゆきにはわからない。

世界中のありとあらゆる場所の情報を、家にいたまま、瞬時に手に入れることができる。

そんな環境にいながら、ゆきは洞窟で暮らす大昔の生活にあこがれている。

5

誕生日の朝。

ゆきがダイニングルームに行くと、父親がすでに朝ごはんを食べていた。

「誕生日おめでとう、ゆき。今日は急いで帰ってくるからな」

父親はうれしそうに目を細めて、ゆきを見つめた。

母親は朝からフレンチトーストを焼いて、メープルシロップをたっぷりかけてくれた。

「おはよう、ゆきちゃん。誕生日おめでとう。今日から十一歳だね。素敵な年になるといいね」

スマートフォンで写真を撮りながら、母親が言う。

父親は新聞を広げて、コーヒーを飲んでいる。新聞を読み終わると、今度はスマートフォンをチェックした。

ゆきはナイフで切ったフレンチトーストをフォークで口に運ぶ。フレンチトーストにしみこんだシロップが、じゅわりと舌の上で広がった。甘すぎる味に、太らないかと心配になる。

ゆきがフレンチトーストを食べていると、父親が「えっ……」と声を漏らした。

「早すぎるだろ……」

呆然《ぼうぜん》とした顔で、父親はスマートフォンを見つめている。

「どうしたの?」

母親の声に、父親は顔をあげた。

「ミック・ウォーカーが死んだらしい」

知らない名前に、ゆきは首をかしげる。

「だれ？」

「うーん、そうだな、なんて説明したらいいのかな。パソコンをだれにでも使えるものにして、世界に広めるのに貢献した人物だよ」

父親はどこか遠くを見つめるようにして、そう言った。

「ほんのひと昔前までは、コンピューターはとても高価で専門家にしかあつかえないものだった。けれども、ミック・ウォーカーは世界中のどんなひとでもインターネットを使えるように、いろんなものを発明したんだ」

「すごいひとなの？」

「ああ、パパが尊敬しているひとのひとりだ。お金持ちでもまずしいひとでも、年齢も国籍も性別も関係なく、みんながインターネットでつながって、知識を共有できれば、きっと、よりよい世界が作りだせるはず……。そういう理想を持って、どんどん新しいことに挑戦していたんだ」

ため息まじりに、父親はつぶやく。

「まさか、ミック・ウォーカーが死ぬなんて。信じられない。まだ五十代だぞ……」

遠い国に住んでいる会ったこともないひとの死に対して、父親がこんなにもショックを受けているのが、ゆきには不思議な感じだった。

「まずしい母子家庭で育ったのよね」

母親も沈痛な面持ちで、会話に入ってきた。

「子どものころには問題児だったけれども、母親はエジソンの伝記を読んでいたから、絶対に息子は大物になると信じていたんだって」

「ああ、有名なエピソードだな」

「きっと、まだ母親のほうは生きているのよね。息子が成功して、大金持ちになったけれど、自分よりも先にこの世を去ってしまうなんて、つらいでしょうね……」

6

自分の誕生日にこの世を去ったミック・ウォーカーという人物について、ゆきはインターネットで調べてみた。

おそらく直接には会ったこともないであろう多くのひとが、その死を悲しんで、哀悼の意をつづっている。

生前に残した言葉が「ミック・ウォーカー名言集」として、まとめられていた。

〈自分の人生の主人公は、自分自身だ〉

〈人生において意味のあることを成し遂げるためには、いやなことにはきっぱりとNOと言わなければならない〉

〈異質な人間が、イノベーションを起こす〉

〈孤独のうちにこそ、答えがある〉

〈行動を起こせ。そうすれば、道は開けるだろう〉

〈もっとも大事なのは、自分の心の声に耳をかたむけ、直感を信じることだ〉

〈嵐をおそれるな！　いつか必ず、雲間から、一筋の光がさす〉

力強い言葉の数々だった。

それらを読んでいるうちに、ゆきはあることを決心した。


誕生日だからといって、なにかが劇的に変わるわけではない。

毎日、毎時間、毎分、毎秒、少しずつ、成長をしている。

いつもより豪華な夕食のあと、母親は生クリームの苺《いちご》でデコレーションした手作りケーキを出してくれた。

父親はビデオカメラを持って、ゆきがろうそくの火を消すのを撮影している。

「ゆきちゃん、誕生日おめでとう～！」

父親と母親が、声をそろえて、お祝いを言って、拍手をする。

「はい、プレゼントだよ」

包装紙に包まれた箱を渡したあと、母親はゆきがプレゼントを目にしてよろこぶ一瞬を撮影すべく、スマートフォンをかまえた。

ゆきはプレゼントの包装紙を破って、箱を開ける。

入っていたのは、地球儀だった。

海の部分が鮮やかなコバルトブルーの地球儀は、知的なアイテムで、グローバルな感じがして、いかにも母親が選びそうだ。

「インテリアとしてもオシャレでしょう？　地理を覚えるのに役立つから、絶対にいいと思ったのよ」

母親が持っているスマートフォンが、かしゃりとシャッター音を立てる。

「ありがとう」

自分でも思いがけないほど、感情のこもっていない声が出た。

「あれー？　あんまり、うれしくなかった？」

「そういうわけじゃないけど……」

「なら、もっと、うれしそうに笑って笑って」

スマートフォンのカメラをむけたまま、母親は言う。

だが、ゆきは笑えなかった。

母親は、最愛のひとり娘がプレゼントを持って楽しそうに笑っている誕生日の写真を、インターネット上にアップしたいと思っているのだろう。

けれども、ゆきはちっとも、楽しくなんかない。

腕のなかに、地球儀のずっしりとした重さを感じる。

「どうして、そんな顔してるの？」

母親はスマートフォンをかまえるのをやめて、ゆきにたずねた。

ゆきは、母親のことが好きだ。

だから、ずっと、言えなかった。

悲しませるようなことを言うのは、つらい。

でも、今日は誕生日だ。

自分に正直になっても、許されるだろう。

「いやなの」

ちょっとだけがまんしていれば、だれも傷つかず、まるくおさまることだった。

でも、心の声に、嘘はつけない。

「なにが？」

「ママが、私の写真をインターネットにアップするのが」

ゆきが言うと、母親は驚いたように目を見開いた。

「えっ？　どうして？」

「いやなものは、いやなの。お菓子が好きなひとばかりじゃなくて、甘いものが苦手なひとだっているでしょう？　たぶん、おなじようなもの。ママはインターネットでいろんなひととつながるのが好きかもしれないけれど、私はいやなの。気持ち悪いの。やめてほしいの」

一気に言って、ゆきはうつむく。

自分が生まれる前から、ずっとつづいている母親の日記。そこでは、自分の誕生日が、ゆき自身が生まれた日ではなく、両親にとって念願のひとり娘が生まれた日になってしまう。

自分の人生の主人公は、自分自身なのだ。

だから、自分の気持ちをきっぱりと、母親に伝えた。

「わかった。ごめんね、ゆきの気持ちに気づかなくて」

母親がそう言ってくれたので、ゆきはふっと心が軽くなった。

「うんうん、子どもでもプライバシーってものがあるからな。ゆきがいやなら、やめたほうがいい」

父親も大きくうなずいて、そう言った。

「ううん、こっちこそ、ごめんね、ママ」

ゆきはつぶやくと、地球儀に手でふれて、そっと回転させてみる。

地球儀はしずかに、くるくるまわった。

第七話　ソニア

1

アメリカに住む老婦人ソニア・ウォーカーは、ひとり息子のミックを亡くした。

目を閉じると、ソニアのまぶたの裏側には、幼いころのミックのすがたがありありとよみがえる。

ミックはとにかく、本の好きな子だった。

友達とおもちゃで遊ぶより、絵本や図鑑に心ひかれるようだった。言葉を話すより先に文字を読めるようになって、どこにいても本を抱えていた。

当時、女手ひとつで息子を育てていたソニアには、経済的な余裕はなかったが、自分の食べるものをけずっても、本を買い与えた。ガレージセールで百科事典が売りに出ているのを見つけたときには、給料を前借りして、それを購入した。

「ねえ、ママ。どうして、雨は降るの？」「どうして、１＋１＝10じゃないの？」「どうして、世界にはいろんな言葉があるの？」

ミックからそんな質問をされるたびに、ソニアは答えにつまったのだが、百科事典を手に入れてからは、こう返事をすることができた。

「さあ、どうしてかしら。調べてごらんなさい」

夢中になって本を読んでいるミックのすがたに、この子はなんて賢いのだろう……とソニアは思っていた。

だが、小学生になったある日、教師から呼びだされて、こんなことを言われた。

「ミックはとんでもない問題児です」

そこにはミックも同席していたのだが、おかまいなしに教師は話した。

「とにかく、ミックは授業中、だまっているということができません。こちらが説明をしているときにも、自分の言いたいことばかりを話して、おとなしく授業を受けることができないのです。何度注意をしても鉛筆をかむのをやめないし、本当にわがままで、迷惑しています。このままでは社会でやっていけない人間になるでしょう」

聞きながら、ソニアは発明王エジソンのエピソードを思い出していた。

エジソンやアインシュタインといった後世に名を残す天才たちも、子どものころから少し変わったところがあったようだ。

だから、きっと、心配はない。

横に座っていたミックは、太り気味の体を不安げに揺らして、ソニアを見あげた。

「ぼくがやりたいのは、本を読むことか、自分の考えを話すこと。でもね、先生はどっちもだめだって言うんだ。じっと座ってなさい、って言うの。でも、無理なんだよ。考えていると、どんどん、言葉が飛びでちゃうんだ。ぼく、変なの？　おかしいの？」

「だいじょうぶよ」

ソニアは優しくほほえみかけると、ミックの手を握った。

そして、教師のほうをむくと、毅然《きぜん》とした口調で言った。

「ミックはすばらしい子です。私は信じています」

それからも何度も教師に呼びだされ、嫌味を言われたが、ソニアは気にしなかった。

ミックの学業成績は、あまり優秀とはいえなかった。

図書館の本を返したあとにその内容をすらすらと暗唱して、ソニアを驚かせたかと思えば、文字を書くときにはつづりをまちがえて、テストの点数はさんざんだった。

それでも、息子には無限の可能性が秘められているということに、ソニアは疑いを持たなかった。

少女だったころ、ソニアは怪我をした鳥を拾ったことがあった。

白い羽を持つ鳥だった。ソニアは懸命になって、鳥の世話をした。翼の傷が癒《い》えると、鳥はソニアのもとから飛び立ち、雲のあいだへと消えていった。

大人になってから、ソニアはひとりの男性と恋に落ちた。

彼は旅の途中だった。彼がどこから来たのか、ソニアにはわからない。流れる雲に国境なんて関係ないんだよ、と笑っていた。彼がどこに行ったのかも、ソニアは知らない。

自分の父親について、ミックはなにも質問しなかった。

ミックの関心は機械部品にむけられていた。

ミックが成長するにしたがって、ふたりが暮らしていたトレーラーハウスには、どんどん電子部品が増えていった。

あるとき、ミックはアマチュア無線機を組み立てた。

何度も挑戦して、ついに、どこかのだれかとつながり、まったく知らない相手の声が聞こえてきたときには、そばにいたソニアも大興奮したのだった。

2

いつだったか、幼いミックはこんなことを言っていた。

「一冊の本を読み終わると、ぼくはとてもがっかりするんだ。どうして、ここには一冊分の本の内容しか入っていないのだろう」

一冊の本のなかに、一冊分の内容しか文字が書かれていないのは、あたりまえだ。

しかし、ミックはそのあたりまえのことを、あたりまえとして受け入れず、さまざまな発想をくりひろげた。

「読んでも読んでも、どんどん新しいものが読めたらいいのに。一冊の本が、図書館につながっていて、どこからでも好きなだけ読むことができたらいいのに」

本と無線機。

そのふたつが、ミックの将来を作ったと言えるのかもしれない。

「たとえばさ、この本みたいに片手におさまるくらいの大きさしかないんだけれど、そこから無限の知識を引きだせるようなものがあれば、すごいと思わない？」

後年、ミックは幼いころに思い描いていたとおりのものを、この世に生みだした。


アマチュア無線機くらいは理解できたが、ハイスクールに通うようになると、ミックがしていることに、ソニアはさっぱりついていけなくなった。

狭いトレーラーハウスで組み立てた電子部品のキットを使って、ミックは大学の費用を自力で稼ぎだした。

ミックが遠く離れた大学に行ったあとも、ソニアはトレーラーハウスで変わらない暮らしをつづけていた。

大学に入って二年目の夏。久しぶりに里帰りしたミックは、すっかり痩《や》せて、髪の毛はぼさぼさに伸び放題、ぼろきれのようなシャツを着て、サンダルをはき、別人のようなすがたになっていた。

「ママ、これを使えば、無料で長距離電話をかけることができるから」

そう言って、電子部品を組み立てているときの目の輝きは、少年のころのままだった。

大学に通ったことのないソニアにとって、ミックの歩みだした人生は、もはや、未知の世界だった。

ソニアがコーンブレッドを焼くと、ミックは大よろこびで食べた。

一週間もしないうちに、ミックは大学の寮へと戻っていった。

結局、ミックが組み立ててくれた装置を使って、長距離電話をかける機会はほとんどなかった。

大学を卒業したあと、ミックは起業して、成功をおさめた。

当時は、まだパーソナルコンピューターという言葉はなかった。コンピューターはパーソナルなものではなく、企業や大学の研究機関などの限られた人間しか使うことができない専門家のものだった。コンピューターを動かすためには、特別な言語を勉強して、コマンドを入力する必要があったのだ。

ミックはそこに、イノベーションを起こした。

本のページをめくるみたいに手軽に、だれにでも簡単に動かすことができる小型のコンピューターを開発するのが、ミックの目標だった。

ミックの開発した製品がどれほど画期的で、世界に大きな影響を与えたのか、正直なところ、ソニアにはよくわからない。

有名な雑誌で「世界でもっとも影響力のある百人」として取りあげられ、ミックの顔写真が表紙に載ったときにも、遠い場所のできごとのようだった。

ソニアがミックのことを考えるとき、思い出すのは、泣きべそをかいていた少年のころのすがただ。

ふっくらとした体型で度の強い眼鏡をかけていた少年時代のミックは、スポーツが苦手で、からかいの的にされることも多かった。

落ちこんでいるミックに、ソニアはこんな言葉をかけたものだった。

「気にすることないわ、ミック。雲のむこうは、いつも青空よ」

3

雲のむこうは、いつも青空。

その言葉が、ソニアのお気に入りだった。

ずっと昔、なにかの本を読んでいて、その一文だけ、光り輝いているように見えた。本の内容は忘れてしまっても、言葉だけは心に刻みついていた。

人生には、暗雲が立ちこめるときもある。たとえ、どしゃぶりの雨に打たれているようなときでも、心をずっと高くまで飛ばせば、そこには青空が広がっているのだ。

想像力ひとつで、どんなときだって、明るい気持ちを取り戻すことができる。

だから、ミックとの会話のなかでも、この言葉を口にすることが多かった。

そして、いま。

ミックは、天国にいる。

新聞や雑誌、そしてインターネットなどのメディアでは、世界有数のIT起業家であるミック・ウォーカーの死を大々的に報じていた。

ミックの早すぎる死を思うたび、ソニアの胸は張り裂けそうになった。

だが、そんなときこそ、雲のむこうについて、想像した。

そこは永遠に晴れ渡っていて、ミックは幸せそうに笑っているだろう。
そんなふうに考えることで、どうにか、毎日を過ごしているのだ。

ミックの資産総額は百億ドルを超え、それらを相続したことにより、ソニアは全米でも指折りの大富豪となった。

シリコンバレーにある高級住宅街の豪邸で、ソニアはひとりで暮らしている。訪問客のほとんどを断っていた。

会話を交わすのは、秘書のジェレミーくらいのものだ。

呼び鈴が鳴り、セキュリティを解除すると、ジェレミーが入ってくる。

「おはようございます。今朝のお目覚めは、いかがですか？」

ジェレミーとは、ソニアがシリコンバレーに引っ越してきたばかりのころに知り合った。見知らぬ土地で、孤独に過ごしていたところ、ミックから「もっとも信頼する仕事仲間だ」と紹介され、三人で食事に行ったのだ。

ふたりともコーンブレッドが大好物で、自分の母親が作るものが世界でいちばんだと言って譲らなかった。巨漢のアフリカ系アメリカ人であるジェレミーに対して、ソニアは当初、とまどいがあったが、食事が終わるころには、理知的で礼儀正しい彼に好感を持つようになっていた。

「それでは、まず、先日の弁護士との話し合いの結果をご報告します」

ジェレミーの話を聞きながらも、その半分くらいはソニアの頭を素通りしていく。

ミックの遺産を受け継ぐにあたって、さまざまなひとたちがソニアに近づいてきた。

あるひとは、相続税で苦しまないために株式をすべて売り払ったほうがいい、と忠告してくれた。あるひとは、株式を手放すのはもっともミックが望まないことだろう、と忠告してくれた。混乱したソニアは、信頼できると感じたジェレミーだけを相談相手にすることにした。

「……以上。これまでの内容について、なにか質問はありますか？」

ジェレミーの言葉に、ソニアは力なく首を横に振る。

「それから、慈善活動への寄付金ですが……」

大富豪となったソニアのところには、世界中のさまざまな団体から寄付を仰ぐ手紙が届き、山積みとなっていた。

この世界は飢えや貧困、病気、紛争など苦しみに満ちていて、支援を求めている多数のひとびとがいる。

寄付を必要としている団体があまりに多くて、どこを選べばいいのか、ソニアには決められなかった。

一生かけても使いきれないほどの大金を手にして、ソニアはただただ途方に暮れるばかりだった。

4

ソニアが生まれ育った故郷を離れ、西海岸にあるシリコンバレーに引っ越すことになったのも、困っているひとに対してお金を渡したことが、きっかけだった。

まだミックが生きていたころから、彼の会社が成功しているという話は広がり、ソニアのまわりはだんだんと騒がしくなった。

あるとき、近所に住んでいた雑貨店の奥さんが、ソニアを訪ねてきた。ミックが幼いころには、買い物に行くとおまけにキャンディをくれたり、子育てについてのアドバイスをくれたりと、なにかと世話になった気のいい女性だ。

聞けば、孫娘が難病にかかって、手術をしなければならないが、その費用が捻出できなくて困っているという。

ミックは毎月、かなりの額をソニアに振りこんでくれるようになっていた。大金を自由に使えるようになっていたソニアは、雑貨店の奥さんに、手術費用を引きうけると約束した。無事に手術は成功して、雑貨店の奥さんの孫娘は元気になり、ソニアはよろこんだ。

しかし、話はそれで終わらなかった。うわさを聞きつけて、ソニアのもとへは、金の無心にやってくるひとがつぎつぎにおとずれるようになったのだ。一方で、それまで親しくつきあっていたひとたちから、よそよそしい態度を取られることもあった。

まずしいながらも、おたがいに助けあっていた仲間たち。しかし、ソニアはその輪に入ることができなくなっていた。

ソニア自身は、なにも変わったつもりはなかった。

ただ、まわりのひとたちが、変わってしまった。

ミックに相談すると、こう言われた。

「それなら、ママもこっちに来て、ここでいっしょに暮らせばいいじゃないか」

そのころ、ミックはすでにシリコンバレーの一画に、邸宅をかまえていた。バスルームつきの部屋がいくつもあるので、ソニアが越してきてもまったく問題はないという話だった。

ふたたびミックと暮らして、あれこれと息子の世話を焼くことができると思うと、ソニアの心は浮き立った。

ミックは昔から片づけが苦手だった。きっと、部屋は散らかりまくっているだろうから、まずは整理整頓《せいとん》をしよう。それから、ミックの好きな料理を毎日たくさん作って……。

ひとり暮らしは気楽だが、やはり、ほかの家族のためになにかをするというのは、張り合いがあるものだ。

ソニアは意気揚々とシリコンバレーへやって来た。

だが、そこでの生活は、思っていたものとはまったくちがっていた。

ミックの家はとにかく広くて豪華だったが、彼は仕事が忙しく、ほとんど帰ってくることがなかった。

しかも、ミックはハウスキーパーを雇っていたのだ。

ハウスキーパーは、ヒスパニック系の女性で、黙々と洗濯やそうじを行った。

ある晴れた日、ソニアはいてもたってもいられなくなり、洗濯をしたことがあった。

澄み渡る青空、すがすがしい風が吹き、空気はからりと乾燥していた。

いつもはハウスキーパーが全自動洗濯機で乾燥までやってしまうが、絶好の洗濯日和だったので、おひさまの光で乾かしたかったのだ。

芝生の庭に、真っ白いシーツがはためいているのを見て、ソニアは満足だった。

しかし、やってきたハウスキーパーは痛ましい表情を浮かべ、なまりのある英語でこう叫んだのだった。

「お願いします！　やめてください！　私の仕事を奪うのは！」

ソニアが洗濯を行ったせいで、ハウスキーパーは仕事をやめさせられてしまうと思ったようだった。自分には養わなければならない家族が七人もいると訴え、どうかクビにしないでください、と泣いて懇願した。

その後、どんなにいいお天気でも、ソニアは洗濯ものを干すことはなかった。

ふかふかに乾いたタオルやシーツを両手いっぱいに抱えて取り入れるときの充実感も、二度と感じることはできない……。

ソニアは、空を見るのが好きだった。

洗濯をするのにふさわしい日かどうか、雲をながめて、見極める。

けれども、そんな天気を読む力も、ここでは必要とされていなかった。

5

「それから、これはまだ決定ではないということなので、お伝えするべきかどうか、迷ったのですが……」

報告書を読みあげていたジェレミーがふと、言葉を途切れさせた。

ソニアは首をかしげて、話のつづきを待つ。

「ミックが少年時代を過ごしたトレーラーハウスを歴史的資産として保存しようという話が、持ちあがっているそうです。市の委員会のほうで検討して、決定となれば、またくわしい連絡が来ると思います」

「歴史的資産？」

あのおんぼろトレーラーハウスが？

信じられない気持ちで、ソニアは聞き返す。

「すべては、あのトレーラーハウスからはじまったのですから。われわれにとっては、伝説的な存在ですよ」

ジェレミーの言葉を聞いても、ソニアはまだぴんと来なかった。

「もし、歴史的資産となることが発表されたら、あの場所にはミックの死を悼む数多くのひとがおとずれ、トレーラーハウスのまわりは花で埋め尽くされるでしょう」

どこか誇らしげな声でジェレミーは言ったが、ソニアの心にはなんの感情もわかなかった。

ミックの死については、すでに悲しみ果てたあとだった。

自分たちの暮らしていた場所が、ほかのひとにとっても意味のあるものになる……。

「いまなら、まだ、だれもいないかしら」

ぽつりとつぶやいた瞬間、ソニアは猛烈にあの懐かしい場所に帰りたくなった。

トレーラーハウスに戻ったところで、そこに住んでいたミック少年に会えるわけはない。

それはわかっているのだが、呼ぶ声が聞こえたような気がした。

「ねえ、ジェレミー。今日は仕事が忙しい？」

ひかえめにたずねたソニアに、ジェレミーは白い歯を見せて笑う。

「あなたの運転手をする以上に、重要な仕事なんてありませんよ」


ミックは自家用飛行機を所有していた。

それに乗るため、まずはジェレミーの運転する車で、空港へとむかう。

途中で、道路を歩いている集団を見かけた。

「なにかしら？」

ひとびとは手にプラカードを持ち、声をあげている。

横断幕には「人間らしい生き方を取り戻せ！」と書かれていた。

「デモ隊が抗議活動をしているのですよ」

ハンドルを握って、前をむいたまま、ジェレミーが言った。

「ラッダイト運動というものを知っていますか？」

ジェレミーの質問に、ソニアは首を横に振る。

「いいえ、はじめて聞いたわ」

「産業革命のころ、イギリスで行われた運動です。技術革新による失業をおそれて、労働者たちが機械を打ち壊したのです。あのデモ隊は、その現代版のようなものですよ。ハイテク産業は人類をむしばむ悪だと主張している狂信的な集団です。過激な行動に出ることもあるようなので、十分に注意してください」

デモをしている集団には、さまざまな年齢の人物がいた。

ミックの開発した高性能な小型パソコンをわざと落として、踏みつぶすというパフォーマンスをしているのも見える。

「こんなものがないほうが、人類は幸せになれるのだ！」

そう叫ぶひとびとの横を、ソニアの乗った車は通りすぎていった。

6

ミックの開発した製品が出るたびに、ソニアはそれを贈られた。

しかし、満足に使いこなせないうちに、次の製品が新発売になり、どんどん新しい機能が加わり、ソニアはそれらを活用することをあきらめてしまった。

便利なものなのだろう、とは思う。

だが、いまの自分にどうしても必要なものではない。年齢を重ねるにしたがって、新しい刺激よりも、慣れ親しんだものを大切に思うようになっていた。

これまでの人生で得た大切なものだけに囲まれて、心安らかに余生を過ごすつもりだった。

自分の祖母が、晩年に過ごしていたような日々……。

ソニアの祖母は、遊びに来る孫たちのために「おばあちゃんにしか出せない味」のパイを焼いて、みんなを感激させたものだった。焦げついた鍋《なべ》をぴかぴかに磨きあげる秘訣《ひけつ》といった、ささやかだけれども人生に裏打ちされた知恵を伝授して、尊敬を集めていた。

ところが、ソニアは早すぎる息子の死によって、思いがけない人生のステージに引きずりだされることになった。

大富豪という立場は、いまのソニアには重すぎた。

トレーラーハウスで暮らしていたころは、生活は苦しかったけれども、ミックがいたからこそ、どんなときもがんばれた。

息子を育てることで、だれかの役に立つよろこびを……、自分がここに存在している意味を、感じることができたのだ。

だが、いまは寄付を求められることはあっても、自分自身がだれかに必要とされているという実感を得ることはなかった。

自家用飛行機に乗って、雲のなかを進み、タクシーをつかまえて、ソニアはようやく、かつて住んでいた町へとやってきた。

光り輝くようなシリコンバレーの街並みに比べれば、なんとも色あせて見える地方都市だが、懐かしさに胸が締めつけられる。

「雨が降りそうね」

車窓から空を見あげて、ソニアはつぶやいた。

タクシーの助手席に座ったジェレミーは、自社製品である小型パソコンを取りだして、天気予報を調べる。

「降水確率はゼロパーセントですよ」

ソニアはふいに、笑いだしたいような気持ちになった。

あんなにも、むこうの空は暗いのに？

ねえ、ジェレミー。あなた、どうして、自分の目で、空を見ないの？

タクシーを降りて、トレーラーハウスのほうへと歩きだす。

そこで、ソニアはあることに気づいた。

トレーラーハウスの前に、ひとりの人物が、立っていたのだ。

……ミック？

一瞬、そんなことを考えてしまった。

しかし、そこにいたのは、黒い髪をした男性だった。

アジア人の年齢は、外見から判別がつきにくい。華奢《きゃしゃ》で背が低く、所在なさげに立っているすがたは、まるで道に迷った子どものように見える。

そちらへと歩きだしたソニアに、ジェレミーがあわてて声をかけた。

「離れてください！　危険人物かもしれない」

しかし、ソニアは足を止めなかった。

「いいえ、平気よ」

似ている、と思った。

目の色も髪の色も、ちがう。

けれども、彼はかつてのミックとおなじ雰囲気をまとっていたのだ。

「なにか助けを必要としているの？」

ソニアはそう声をかける。

黒い目をした彼は、ソニアをじっと見つめると、おぼつかない英語でこう言ったのだった。

聞いてください、ぼくの話を……。

第八話　優哉

1

小野《おの》優哉《ゆうや》の時間は、十四歳で止まっている。

十四歳のときから、ずっと、部屋に引きこもって、暮らしているのだ。

中学二年生の「あるできごと」を境に、優哉の人生は大きく変わった。

はじめは、ただの体調不良だった。体がだるくて、腹痛があったから、学校を休んだ。学校に行かなくていいと思った瞬間、心がとても軽くなった。次の日も、学校に行くことを考えると、胃や腸にキリキリとした痛みを感じて、トイレから出ることができなかった。

このままじゃ、だめだ……。

明日《あした》こそは、がんばって、学校に行こう……。

そんなふうに思っていた時期もあったが、いまはもう、焦りはない。

自分が学校へ行かなくなってから、どれほどの年月が経ったのかということは、あまり考えないようにしている。

優哉の毎日は、ほとんど、おなじことの繰り返しだ。

インターネットとアニメだけが、優哉の生活に彩りを与えてくれる。

目を覚ますと、まず、パソコンを起動して、インターネットで世界の最新情報をチェックしていく。

優哉のお気に入りは、半分近くが英語のサイトだ。

自動翻訳を使うこともあるが、基本的には自力で訳していく。わからない単語があれば、オンラインの辞書で調べる。その地道な積み重ねによって、英単語の知識が増えて、いまでは英語の文章を読むことも苦にはならない。

インターネットにおける主要言語は、なんといっても英語だ。

日本語が使われている割合など、全体の三パーセントほどにしかすぎない。

英語がわからなければ、得られる情報はごくわずかな限られたものになってしまう。

日本語でしか読み書きができないのに「インターネットで世界とつながる」なんてちゃんちゃらおかしい、と優哉は思っている。

中学校に通っていたときには、特に英語の成績が優秀ということはなかった。

だが、いまでは、かなり読解力には自信がある。

ときとぎ、優哉はインターネット上にある英語のテストを受けるようにしていた。そして、自分の実力が「外資系レベル」だという結果を見て、満足する。

実際には、一歩も外に出ることのできない無職ではあるが。

しばらくネットを見ているうちに、尿意を感じて、優哉は椅子から立ちあがった。自分の部屋から出る前に、聞き耳を立てて、扉のむこうの様子をうかがう。

なるべく、母親とは顔を合わせないようにしていた。

この家には、優哉のほかに母親が住んでいる。父親は死んだ。姉は結婚して、ほかの場所で暮らしている。

母親がいないことを確認して、優哉は自分の部屋から出た。トイレに行ったあと、台所の棚を探る。カップラーメンを見つけたので、湯を沸かす。

腹ごしらえをしたあとは、すみやかに自分の部屋に戻った。

テレビの真っ暗な画面に、不精ひげの小汚い男が映っていて、ぎょっとする。

だれだよ、このおっさん……。

ああ、おれか……。

あわてて、テレビの電源を入れて、アニメを視聴する。

同時にインターネット上の掲示板に、アニメの感想を書きこんでいく。

現実では体験したことのない「高校の学園祭」というものを、優哉はアニメのなかで何十回と楽しんでいた。

2

——将来は国連で働いて、世界の貧困や紛争、環境問題など、ワールドワイドな課題に取り組めるような仕事がしたいです。

中学生のとき、自分の将来について考える時間があり、優哉はそんなふうに、まじめに答えてしまった。

それ以来、同級生のKという男子生徒が、なにかにつけて、優哉をいじってくるようになった。優哉がしゃべると、Kはその発言を茶化すようにして、笑いを取る。

優哉は「ワールドワイド」というあだ名で呼ばれるようになった。そのあだ名には親しみではなく、からかうようなニュアンスがこめられていた。

Kはグループでもリーダー格の存在で、優哉は自分のポジションが「いじられキャラ」なのだということは理解していたから、やめてくれ、と強く主張することもできなかった。

いじめというほど、はっきりとした悪意があるわけではない。

ただ、なぜか、Kからはひどく嫌われている気がしていた。

Kは笑いながら、漫才のツッコミのように優哉の頭や背中を叩《たた》くのだが、顔をしかめてしまうほど痛かった。


腹痛で学校を休むようになったのは、Kのせいだったかもしれない。

だが、決定的なできごとは、そのあとに起こった。

そのころは、いちおう、毎日、朝食の席にはつくようにしていた。その後、トイレから出られず、間に合わなくなり、学校を休むというパターンが多かった。

父親と姉と自分の三人で、ダイニングテーブルのそれぞれの席に座り、母親が用意してくれたトーストを食べていた。

ある朝、母親がたまりかねたように、イライラとした口調でこう言ったのだった。

「いい加減にしなさい！　甘えるんじゃないの！　だれだって、しんどくても、がんばっているんだから！　怠け癖がついたら、取り返しがつかないわよ！」

それは優哉にむけられた言葉のはずだった。

もちろん、優哉の心にも、ぐさりと刺さった。

だが、そのとき、もうひとり、その言葉に追いつめられている人物がいたことに、優哉はまったく気づいていなかった。

結局、母親の言葉が引き金となって、その日もまた、優哉は腹痛に襲われ、トイレにこもることになった。

それでも、気持ちとしては、まだ、いつかは学校に行くつもりだった。

自分が家から一歩も出られなくなる日が来るなんて、思ってもいなかった。

電話の鳴り響く音。電話を取ったのは、母親だった。

優哉は自分の部屋のベッドに寝転がりながら、母親の言葉を断片的に聞いているだけだった。

母親が直接、優哉にそれを伝えに来たのは、かなりあとのことだ。

「お父さん、死んだから」

最初にそう言われたときには、言葉が耳を素通りした。

とっさには、理解できなかったのだ。

母親は取り乱したり、泣き叫んだりすることはなかった。いつもと変わらない表情で、淡々と事実だけを述べた。その冷静さが不気味だった。

「飛び降りで、さっき、病院に行ってきたけど、即死だったみたい」

父親の自殺。

信じられなかった。信じたくなかった。

優哉が部屋に引きこもり、頭から布団をかぶって、現実から目をそむけているうちに、父親の通夜も葬式も終わっていた。

それからのことだ。優哉が、外に出ようという気持ちを失ったのは。

遺書はなかったらしい。

だが、父親の死は、優哉にこんなメッセージを伝えていた。

この世界は、生きるに値するものではない……。

3

アニメが終わると、テレビではニュース番組がはじまった。

アメリカ在住の日本人がノーベル賞を受賞したという話をコメンテーターたちはうれしそうにしているが、優哉はそれを冷めた目でながめる。

昔から、帰属意識というものが欠けていた。

高校野球で自分が住んでいる場所に近い高校だからと応援する気持ちが理解できない。オリンピックなどでも日本人がメダルを取ったからといって、それを誇りに感じたりすることはなかった。

おそらく、そういうところが、Kをむかつかせたのだろう。

Kは「仲間意識」が強くて、友人とのつながりをとにかく大切にしていた。

おれら最強！　みんな最高！　二組のために一致団結して、ほかのやつらを倒すぞ、えいえいおーっ！

そういうテンションの持ち主だったのだ。

進学などで地元を離れて東京に行くと「裏切り」と言われるような風潮があることに、優哉も気づいていないわけではなかった。それなのに、国連だのワールドワイドだのといったことを口にしたのだから、不興を買うのも当然だった。

Kたちにとっては、インターネットさえも広大な世界を知るためのものではなく、現実の知り合いとの関係を補強するものにしかすぎないのだろう。半径数キロメートル以内の充実した現実に閉じこもるようにして、Kたちは生きていた。

そして、いま、引きこもっている優哉にとっては、世界のすべてが遠くて近い場所だ。

優哉はインターネット上の情報をピックアップして、編集していく。

おもしろい話題をまとめたサイトを管理して、アフィリエイトで収入を得ているのだ。アニメの感想をまとめて、その原作である小説を紹介する。そうすると、アニメでその作品を知ったひとが原作にも興味を持ち、優哉のサイトを通して小説を買うことで、その代金の数パーセントが手に入る仕組みだ。

アニメの感想だけでなく、盛りあがりそうなネタを見つけては、わかりやすくまとめる。ページビュー数を稼ぐため、ときには嘘の書きこみをしたり、デマを流すこともあった。火種を見つけたら、煽《あお》って、騒ぎを大きくする。とにかく、話題になりさえすれば、こちらの勝ちだ。

アフィリエイトで収入を得るための契約は母親の名義で行っていた。優哉がネット通販で買い物をするときに使うクレジットカードも母親の名義のものだ。

引きこもったままでも、そこそこの稼ぎを出せるようになったことで、母親からの風当たりは少しだけましになった。

いつだったか、母親が電話のむこうの相手に、こんなことを言っているのを耳にしたことがあった。

「……自殺って言っても、保険もおりるし、ローンも完済できたから、かえってよかったくらいよ」

母親は外泊することが多くなった。

姉のところには子どもが生まれるらしい。

優哉だけが、いまでもあの日のまま、絶望の淵《ふち》から這《は》いあがれずにいた。

直接的な儲《もう》けにはつながらないときでも、自分の行動がインターネット上の多くのひとに影響していくのを見るのは、気分がよかった。

指先ひとつで、他人をあやつる楽しさ。

衝撃的な動画を見つけて、SNSで〈**この動画がやばい！**〉という発言を最初に発信したのも、優哉だった。

シリアの内戦の様子が臨場感たっぷりに伝わってくる動画。いまもこの地球上で、銃撃戦が行われているという現実……。

優哉はインターネット上にある情報の大半が、ゴミのようなものだと思っている。なにを食べたとか、どこに遊びに行ったとか、どうでもいいような発言ばかりで埋め尽くされていくSNSを見ていると、苛立《いらだ》ちを感じた。

のうのうと気楽に生きているやつらに、ショッキングな現実を突きつけてやりたい。もっと、広い世界のことにも目をむけろよ！

そんな気持ちから、動画を拡散させた。

だが、結局、多くのひとがよろこぶのは、メッセージ性の高い動画よりも、かわいい動物の出てくる癒《い》やし系の動画だった。

以前、優哉はだれかが投稿したオオカミが遠吠《とおぼ》えしている動画を見つけたことがあった。動物園のオオカミを撮影したらしき動画だが、雑音も入っておらず、よく撮れていた。

ほとんど閲覧数のなかった動画だったが、優哉が訴求力のあるタイトルをつけて、自分のサイトで紹介したところ、あっという間に人気動画となった。

4

こづかい稼ぎのサイトを更新したあと、優哉は教育専門の動画配信ページで大学の授業を視聴する。

アメリカの名門私立大学が講義をインターネット上で公開するサービスを行っており、今日は確率論の講義を選んだ。優哉はゲームが好きで、乱数について考えるとわくわくした。ナッシュ均衡。囚人のジレンマ。マルコフ連鎖……。

授業を受けたところで、単位が取れるわけでもなく、学歴には結びつかない。ただ、アメリカの大学の雰囲気を味わうことができて、リスニング能力の向上にもなる。

実際のところ、学習の効率でいえば、動画で講義を視聴するよりも、著作を読んだほうが手っ取り早い。

だが、それを書いた人物が、どんな顔で、どんな口調で、どんな雰囲気をまとっているのかを見ることによって、知識とはまたべつのなにかが得られる気がした。

インターネットさえあれば、たいていの情報は手に入る。ネット通販のおかげで、家にいながらにして、買い物もできる。引きこもっていても、なんら不自由は感じない。

だが、不自由を感じないことと、自由であることとは、イコールではない。

優哉が引きこもっているあいだにも、インターネットは怒濤《どとう》の勢いで開発が進み、どんどん便利になり、たくさんのひとが流れこんできた。

以前は、インターネットなんて「危険」に満ちていて、そこは現実とはべつの世界だという意識があった。専門的な知識を持つ者だけが遊ぶことのできる「秘密基地」のような場所だった。

だが、もはや、インターネットの世界は「地下」でも「裏」でもなく、現実の延長線上にある。

すっかり陽の当たる場所となったインターネットの風潮に、優哉は居心地の悪さを感じるようになっていた。

インターネットの普及による恩恵を受けつつも、なんだか、自分の居場所が奪われていくような気がして……。

インターネットがつまらなくなったから、ちょっとだけ、就職活動をしてみたことがあった。

いくつかのゲーム会社に履歴書を送ってみたのだ。

もし、面接に進むことができれば、家から出るきっかけになると思った。

自分の履歴書を見ているうちに、笑えてきた。なんの学歴も経歴もない、真っ白な履歴書。血迷ったことをしているのは承知の上だった。たいていの会社の応募資格が「大卒以上」なのに、高校にすら行っていない自分など採用されるわけがない。

予想していたことではあったが、結果はさんざんだった。ほとんどの会社から、返事すらもらえなかった。

だが、一社だけ、丁寧なメールを返送してくれたところがあった。

〈提出いただいた企画書はとても新鮮な切り口で興味深く、ぜひとも面接に進んでいただきたいと思いましたが、誠に遺憾ながら、ご期待に添いかねることとなりました。

慎重に検討させていただきましたが、今回の募集にあたりましては応募資格に該当する方に限らせていただいておりますので、何卒《なにとぞ》ご了承いただきますようお願いいたします。

今後のご活躍を心よりお祈りいたします〉

テンプレートの文章ではなく、わざわざ企画書についての感想をくれたのは、この会社のひとだけだった。

優哉は気持ちが落ちこむと、ときどき、そのメールを読み返した。

5

大学の講義を視聴したあとは、女の子の動画でもながめて、目の保養をすることにした。

かわいい少女が出てくる動画が、優哉は好きだった。

溌剌《はつらつ》とした少女を見ていると、尊さすら感じた。

優哉はしばらく前まで、ヴァイオリンを弾く女子高生を応援していたのだが、残念ながら、彼女はネットアイドルを引退してしまった。

上品でキュートな見た目に反して、情熱的で骨のある演奏をするところが気に入っていた。なにかに対する怒りやわだかまりをぶつけてくるようで、コンクール受けはしないかもしれないけれど、心に残る音色だった。

お気に入りだったネットアイドルの引退も、優哉のむなしさに拍車をかけた。

彼女は〈**ネットを卒業します**〉とＳＮＳでつぶやいていた。

卒業、という単語が、優哉の心をざわめかせた。

もしかしたら、そろそろ、引きこもりの自分にも卒業のときが近づいているのかもしれない。

最近では、なにをしていても、以前ほどは楽しめないのだ。

端的に言えば、飽きてしまったのだろう。

不自由を感じない生活に。インターネットに。引きこもっていることに。

かつては夢中になっていたネットゲームも、惰性でつづけているようなものだった。

優哉はネットゲームで「機械の体を持つ美少女」のキャラクターを使っていた。

髪の色は青く、ツインテール。ウエストは細いが、胸は豊かで、瞳《ひとみ》が大きい。自分の理想をつめこんだ存在。こんなふうになりたい……。

いまのままの自分を愛するひとなんていない。だれにも求められない。だれにも必要とされない。

けれど、もし、自分が美しい少女でさえあれば、まったくちがう生き方ができたのではないか。

完全無欠の少女になりきって、優哉はネットゲームの世界をさまよう。

レベルは最高値であり、ほとんどの敵をひとりで倒すことができ、ゲームの世界では無双状態だ。それだけの時間と金を費やしたのだから当然である。

最初はゲームのなかで「強い自分」になれるのが、うれしかった。だが、主なクエストはクリアして、ランクをあげきったいまでは、達成感を得ることが難しかった。装備品やアイテムもめずらしいものを取りそろえており、倒したい敵もいなければ、どうしても手に入れたいアイテムもない。

ここ最近、優哉がゲームの世界で行っているのは「手助け」だった。

初心者らしきキャラクターが慣れない世界でも安心してゲームを楽しめるように、ボディーガードのような役目を買って出るのだ。

だいじょうぶ、こわくないよ。

ここは楽しい場所なんだ。

まだレベルの低いキャラクターを守りながら、襲いかかってくるモンスターたちを倒していく。

優哉はそんな遊び方を「通りすがりの親切なひとプレイ」と心のなかで名づけていた。

今日もまた、優哉はドラゴンが守る洞窟《どうくつ》の前で、タイガー&ウイングというコンビと出会った。

課金をすれば、この洞窟のクエストを有利に進めるためのアイテムを手に入れることができる。しかし、タイガーたちはあくまでも自分たちが冒険で集めたアイテムだけでドラゴンを倒して、クリアしたいようだった。

優哉はサポート役を引き受け、タイガーたちと共闘して、ドラゴンに挑んだ。

純粋にゲームを楽しんでいる様子のタイガー&ウイングといっしょにプレイしていると、優哉も無邪気に遊んでいたころの気持ちがよみがえってくるようだった。

三人で力を合わせて、ついにドラゴンを倒した。

タイガー&ウイングのふたりは礼儀正しく感謝の言葉を述べて、手に入れたアイテムをきちんと優哉にも分配した。

見ず知らずの相手ではあるが、だれかの役に立ったよろこびで、優哉の胸には久しぶりに満足感が広がった。

6

ゲームの世界からログアウトして、現実に戻ったあと、優哉は椅子の上で膝《ひざ》を立てて座り、大きく息をはいた。

このままじゃ、お先真っ暗だ。

それはわかってる。

でも、いまさら、どうすればいい？

こんな自分に、なにができるっていうんだ？

目の前にあるのは、パソコンの画面だけ。

ここに、自分はひとり。

だが、インターネットのむこう側には、無数のひとびとがいる。

優哉はキーボードに手を伸ばすと、気まぐれに、インターネットの質問サイトへこんなことを書きこんでみた。

〈中学生のときに不登校になって、ずっと引きこもっています。親は信用できません。そろそろ、家から出たいと思うのですが、どこに行けばいいのでしょうか？〉

投稿した途端、はずかしくて、すぐに削除したくなった。

だが、優哉がその質問を消すより先に、回答があった。

〈勇気を出したのですね。すばらしいです！　尊敬しているひとに会いに行ってみるのは、いかがでしょうか？　小学生のときにお世話になった先生とか、親戚《しんせき》のおじさんとか、きっと、助けになってくれる大人はいると思いますよ！〉

それは「ユキちゃんママ」という人物の書きこみだった。

ハンドルネームに「子どもの名前＋ママ」とつけるようなセンスは優哉の美意識に

反していて、虫唾《むしず》が走った。

子どもの母親であることだけがレーゾンデートルなのだろうか。

自分自身のアイデンティティというものはないのか。

奇妙な苛立《いらだ》ちを感じながら、優哉はその書きこみを読んだ。

縁もゆかりもない他人の悩みに対して、励ますような回答をくれたこの人物は、決して悪いひとではないのだと思う。むしろ、家族を大切に思う良き母親なのだろう。

不快に思う気持ちは、羨望《せんぼう》の裏返しなのかもしれない。

質問の書きこみを削除したあとも、回答の内容は優哉の心にひっかかったままだった。

尊敬しているひと。

その言葉を読んで、優哉の頭にはひとりの人物が思い浮かんだ。

だが、彼に会いに行くことは不可能だ。

もうすでに、彼はこの世にいないのだから……。

無理だって。無理無理無理……。

そう思うのに、優哉の頭からは彼のすがたが離れない。

ミック・ウォーカー。

世界を変えたIT起業家。ヴィジョンを持って、それを現実にした人物。自分の信念を貫く生き方に、優哉はあこがれていた。おこがましいかもしれないけれど、ミックの考え方には共感するところが多かった。

自分もあんなふうに生きることができれば……。

彼の著作はすべて読んでいた。彼を描いた伝記にもほとんど目を通していた。

特に、トレーラーハウスに住んでいたころの逸話が優哉は好きだった。

少年時代に問題児だったミックを、それでも母親は信じて、支えてくれた……。

もう、ミックはいない。

けれども、あのトレーラーハウスはまだ存在しているのではないだろうか。

ふと思いついて、優哉はインターネットで調べてみる。

トレーラーハウスの場所は簡単に特定できた。いまはだれも住んでいないようだ。

無駄だ。無駄無駄……。

行ったところで、ミックには会えない。

でも、呼ばれた気がした。

だから、優哉は椅子から立ちあがった。

7

よし、アメリカに行くぞ。

まずはパスポートだ。

やけっぱちのような気持ちで、決意する。

必要なものをインターネットで調べて、通販で取り寄せ、優哉は外出用の装備をととのえた。

そして、玄関のドアを開ける。

やってみると、あっけないほどすんなり、家の外に出ることができた。

おー、すげー、おれ、外の世界を歩いてるぜー。

久々に外出している自分のすがたはさぞかし挙動不審だろうと自覚していたが、だからといって気にしてもしかたない。

それよりも、ミッションをクリアすることが優先だった。

ゲームみたいなものだ。パスポートというアイテムを手に入れて、新しいフィールドへと旅立つ。キャラクターの初期値が低すぎて、なにをするにもハードルが高く感じるが、だからこそ、やりがいがある。

何度かめげそうになりながらも、パスポートの申請は無事に終えることができた。

次に手に入れなければならない重要なアイテムが、スマートフォンだった。

これまでは引きこもってインターネットを使っていたから、デスクトップ型のパソコンで問題はなかった。だが、遠くへ行くためには携帯できる端末が必要だ。

スマートフォンの契約を成し遂げたときには、優哉はかなり自信がついていた。

8

母親には置き手紙を残した。

「ちょっとアメリカに行ってくる。死ぬつもりはないから、心配しないで」

スマートフォンの番号とメールアドレスも書いておいたので、なにかあれば連絡をしてくるだろう。

海を越えて、異国の地へ降り立つ。

インターネットで事前に入念な下調べをしていたので、空港でも機内でもスムーズに過ごすことができた。

入国手続きを終えて、タクシー乗り場へとむかう。

スマートフォンさえあれば、たいていのことができる。

どこにいてもインターネットにつながるから、いざというときには検索すればいい。たくさんの人間の英知がインターネット上には集結している。それはとても心強いことだった。

スマートフォンを取りだして、チェックしてみるが、連絡は一通も来ていなかった。さすがに、もう母親も置き手紙に気づいたころだと思うのだが……。

そんなことを思っていたところ、だれかにぶつかった。

いや、ぶつかったというよりも、相手が激突してきたのだ。

相手の腕が、優哉の持っていたスマートフォンを叩《たた》き落とした。

一瞬、自分の身になにが起きたのか、判断できなかった。

顔に緑色のタトゥーを入れた女性が憎々しげに顔をゆがめて、優哉に激しい言葉をはきかける。早口のスラングで意味はわからない。だが、嫌悪の感情をむけられていることは伝わった。

相手はとどめを刺すように、地面に転がったスマートフォンをブーツのかかとで踏みつけた。そして、足早に去っていった。

優哉はあわててスマートフォンを拾いあげる。

画面にはヒビが入っていた。電源を入れても、画面にはなにも出てこない。

動揺のあまり、さっと血の気が引く音が聞こえた気がした。

まさか、こんなところで、スマートフォンが使えなくなるなんて……。

旅先でスマートフォンを壊してしまった場合、どうすればいいのかをインターネットで調べてみようと思っている自分に気づいて、優哉は苦笑した。

だから、そのスマートフォンが使えないのだ。

空港にいた職員に、スマートフォンを壊した人物について相談してみたが、つかまえることは難しいだろうという話だった。

高度情報化社会を嫌悪する狂信的なテクノロジー排斥主義者が、旅行者の持っている電子機器を叩き壊すという事件が以前にもあったらしい。

自分がなにかしたせいで、相手を怒らせたわけではなかったようだ。相手の憎悪のまなざしが、自分自身ではなく、スマートフォンにむけられていたのだとわかって、優哉は少しだけほっとした。

だが、スマートフォンが壊れてしまったという事実は変わらない。

インターネットにつながる端末を使えないことは、優哉をとてつもなく不安な気持ちにした。

これからは、検索できないから、自力で対処せねばならないのだ。

しかし、いまさら、引き返すわけにはいかない。

幸い、ミックがかつて暮らしていたトレーラーハウスの住所は記憶してあった。

意を決すると、優哉はタクシーに乗りこんで、英語で行き先を告げた。


目的地に着いて、料金を払うと、タクシーは去っていった。

ついにたどりついた。本当に、存在していた……。

そのトレーラーハウスを目にした瞬間、優哉の胸には不思議な感動が広がった。

おなじだ。

インターネット上の写真で見たのとおなじ光景……。

すでに情報として知っていたので、その場所には既視感があり、懐かしいような気持ちがわきあがってくる。

どんよりとした空のせいか、実物は写真よりもみすぼらしく見えた。いつのまにか雲行きがあやしくなっていた。目的地にたどりついた証《あかし》として記念写真を撮ろうにも、スマートフォンは動かない。

どれほど、その場で立ち尽くしていただろうか。

ひとの気配がして、優哉は振り返った。

銀色の髪をした老婦人が、こちらへと近づいてくる。

そのひとのすがたに、どこか見覚えがあるような気がした。

老婦人は、優哉のそばまで来ると、声をかけた。

May I help you?

店員が言った場合には「いらっしゃいませ」とでも訳すのだろうか。

だが、いま、優哉の耳には「help」の一言が、そのままの意味で伝わった。

助けて。

ずっと、だれかを助けたかった。

そして、自分も、助けを求めたかったんだ……。

その老婦人に、優哉は語った。

これまでのことを、すべて。

学校に行けなくなったこと。家から出られなくなったこと。父親の自殺。インターネットをして過ごした日々。どうして、自分がここまでやってきたのか……。

優しいまなざしで、老婦人は話を聞いてくれた。

話しているうちに、雨が降りだした。

雨の粒が、ぽつり、と頬に落ちてくる。

まるで、涙みたいに。

頬を流れていく雨の感覚に、思い出す。

ああ、そうか。

忘れていた、この感情……。

泣きたかったんだ。

そう気づいた途端、風景がにじんだ。

次から次に、涙があふれてくる。

もう、言葉を発することすら、できなかった。

老婦人の前で、優哉は幼い子どものように泣きじゃくる。

嗚咽《おえつ》を漏らす優哉のほうへ、老婦人は腕を伸ばした。

そして、包みこむようにして背中に手をまわす。

ハグ。抱擁。

言葉としては知っていたが、これまで実際に体験したことはなかった。

あたたかい……。

ひとのぬくもりが、伝わってくる。

老婦人は優哉をそっと抱きしめると、確信に満ちた声で、こんな言葉を口にした。

There is always light behind the clouds.

解説

（精神科医）熊代《くましろ》 亨《とおる》

『おなじ世界のどこかで』を読んでいると、インターネットによって私達が変わった部分と、変わらなかった部分に思いを馳《は》せたくなります。

作中で描かれているとおり、今日、インターネットの使い方は多種多様です。クラスメートとSNSで会話する人もいれば、世界じゅうの情報に目を通す人もいます。写真や動画の公開に夢中になっている人、親子でオンラインゲームを楽しむ人もいます。

多種多様に用いられるのが現代のインターネットですから、その望ましい使い方は人の数だけあるのでしょう。しかし大半の人は、自分の使い方こそがインターネットの常識だと思い込み、自分とは異なった使い方をしている人のことを忘れがちです。たとえば「SNSは、友達同士で楽しく」が常識になっている人にとって、SNSに社会問題を書き込む人は、想定外の、異質な他者とうつるでしょう。第一話の結衣《ゆい》と楓《かえで》、第六話のゆきと母親の間には、まさにそうした違いが横たわっていました。

現実の人間は異質な者同士で衝突しあい、わかりあえないまま平行線をたどることもありますし、インターネットには嘘やデマも流されています。作者の藤野《ふじの》恵美《めぐみ》さんも、そのことは重々ご承知でしょう。しかし本作所収の八つの短編は、インターネットを媒介物として人と人とが繋《つな》がりあっていくプロセスを、あくまでポジティブに描いています。『ハルさん』などの過去作にも言えることですが、藤野さんの温かくてしっとりとした筆致は、ポジティブな物語に素晴らしい読後感を与えてくれますね。本作の筆致や人物描写に魅力を感じた方は、是非、藤野さんの青春三部作（『わたしの恋人』『ぼくの嘘』『ふたりの文化祭』）も手に取ってみてください。喜びが待っているはずです。

さて、インターネットが普及したことによって、私達のコミュニケーションは大きく変わりました。

かつては仲間同士で寄り集まった時に交わされていた会話の多くは、SNSやLINEによってオンライン化され、自宅に帰った後もできるようになりました。本来、直接会った時だけコミュニケーションしていた私達が、いつでもどこでもインターネットで繋がるようになったがために、少し前はｍｉｘｉ疲れが、最近はＬＩＮＥ疲れが問題となりました。常時接続された毛づくろいコミュニケーションは、ときに、狭さと頻繁さが煩わしくなるものです。

　と同時に、オープンなインターネットに公開したメッセージはどこにでも届き、想像していなかった相手に、想像していなかった影響を与えるようにもなりました。第八話は、そういったオープンなインターネットの可能性を大きなスケールで描いたものでした。引きこもりの優哉《ゆうや》は、インターネットをとおして色々な人から影響を受けて、少しずつ変わっていきました。優哉としては、自分が拡散させたシリアの動画が二人の女子中学生の関係を変え、それがオオカミの動画となって手許《てもと》に返ってくるとは思わなかったことでしょう。そのような意想外な繋がりの連鎖によって優哉は海外へと誘《いざな》われ、ついにインターネットのルーツへと辿《たど》り着いたのでした。

　それでも作品全体から察せられるように、誰もがインターネットで繋がりあう時代になっても、そこにいる人間は太古の昔とさして変わらないままです。他者とわかりあえば嬉《うれ》しくなり、抱擁をあたたかいと感じる——そんな人間同士が出会い、繋がりあって、影響を与えあうからこそ、インターネットは人の心を動かし、そこにドラマが生まれます。本書の八つの物語を、「ちょっとできすぎている」と感じた方もいらっしゃるかもしれません。が、二十年来インターネットに溺《おぼ》れながら生きてきた私としては、「現実のインターネットでもこういう繋がりってあるよね」と答えたくなります。なぜなら私自身、そうした出会いや繋がりを幾度となく経験して、たくさん心を動かされて、たくさんのドラマを目の当たりにしたからです。

本書は「There is always light behind the clouds.」という言葉で締めくくられています。あれこれ想像を膨らませたくなる言葉ですが、私の第一印象は「(インターネットの) 垂れ込めたクラウドの向こう側に、私達にとって本当に大切なものがある」でした。インターネットは素晴らしいツールですが、本当に肝心なのはツールではなく、ツールの向こう側にいる人間ではないでしょうか。インターネットをとおして起こる、「ちょっとできすぎている」物語とて、必ず人と人の間で起こっているものなのです。そのことを忘れずに向き合う限りにおいて、インターネットは基本的に良いものであり、人に希望を与えるものだということを、この本は思い起こさせてくれます。どうか皆さんも、良いインターネットと、良い人生を。

本書は、ＮＨＫネットコミュニケーション小説（ＮＨＫオンライン）に『雲をつかむ少女』というタイトルで連載され、加筆・修正を経て二〇一五年三月に講談社で同タイトルで単行本になりました。それを改題し、文庫化したものです。

おなじ世界《せかい》のどこかで

藤野恵美《ふじのめぐみ》

平成30年 4月25日　初版発行
令和6年 11月25日　4版発行

発行者●山下直久

発行●株式会社KADOKAWA
〒102-8177　東京都千代田区富士見2-13-3
電話　0570-002-301(ナビダイヤル)

角川文庫 20884

印刷所●株式会社KADOKAWA
製本所●株式会社KADOKAWA

表紙画●和田三造

ISBN978-4-04-104747-7　C0193

角川文庫発刊に際して

角川源義

第二次世界大戦の敗北は、軍事力の敗北であった以上に、私たちの若い文化力の敗退であった。私たちの文化が戦争に対して如何に無力であり、単なるあだ花に過ぎなかったかを、私たちは身を以て体験し痛感した。西洋近代文化の摂取にとって、明治以後八十年の歳月は決して短かすぎたとは言えない。にもかかわらず、近代文化の伝統を確立し、自由な批判と柔軟な良識に富む文化層として自らを形成することに私たちは失敗して来た。そしてこれは、各層への文化の普及滲透を任務とする出版人の責任でもあった。

一九四五年以来、私たちは再び振出しに戻り、第一歩から踏み出すことを余儀なくされた。これは大きな不幸ではあるが、反面、これまでの混沌・未熟・歪曲の中にあった我が国の文化に秩序と確たる基礎を齎らすためには絶好の機会でもある。角川書店は、このような祖国の文化的危機にあたり、微力をも顧みず再建の礎石たるべき抱負と決意とをもって出発したが、ここに創立以来の念願を果すべく角川文庫を発刊する。これまで刊行されたあらゆる全集叢書文庫類の長所と短所とを検討し、古今東西の不朽の典籍を、良心的編集のもとに、廉価に、そして書架にふさわしい美本として、多くのひとびとに提供しようとする。しかし私たちは徒らに百科全書的な知識のジレッタントを作ることを目的とせず、あくまで祖国の文化に秩序と再建への道を示し、この文庫を角川書店の栄ある事業として、今後永久に継続発展せしめ、学芸と教養との殿堂として大成せんことを期したい。多くの読書子の愛情ある忠言と支持とによって、この希望と抱負とを完遂せしめられんことを願う。

一九四九年五月三日